当代著名作家美文自选集

# 爱上远方

刘仁前 著

中国社会出版社

国家一级出版社・全国百佳图书出版单位 位

# 目 录

Contents

## 第一辑　迷人的婚俗

## 第二辑 民以食为天



## 第三辑 深藏在墙缝里的爱恋

## 第一辑

# 迷人的婚俗

# 请 媒

请媒，之于现代城市的年轻人，似乎不可思议。恋爱、结婚，两个人之间的事，请个媒人在当中，实在别扭。然而，从前我们那里的青年男女，在个人的婚姻大事上面，能自己做主的，不多。均须遵循“父母之命，媒妁之言”而婚配。若是私下里偷偷来往，暗送秋波而至私订终身，多半不会有好结果的。不是被棒打鸳鸯，便是步司马相如、卓文君之后尘：私奔。

苏北里下河一带，流传着这样一则民谣：

> 嫁鸡随鸡，
> 嫁狗随狗，
> 嫁个畚箕做扫帚。

这无疑成了父母之命、媒妁之言“天经地义”的极好诠释。因此，在整个婚俗中，请媒不仅重要，且为首要，便不足为怪了。当地人请媒，讲究的是“三媒六证”。不论男女双方是否熟识，请媒风俗非兴不可。所谓“六证”，双方都可以请，但多半是男方请为主，这样不至于让女方落下个“嫁不出去”的名声。

请媒，当地人称为牵红线，原本是件好事。要是请得好，青年男女之间便能架起“鹊桥”，两人姻缘一线牵；要是请得不好，那便是“乔太守乱点鸳鸯谱”，误了双方一辈子，也未可知。旧时请媒，有三种情况：一是“三姑六婆”的媒婆，二是成人之美的“红娘”，三是男女双方主动拜托的“月老”。稍有社会阅历的都晓得，这“红娘”“月老”在人们头脑中的印象还不坏，均有成就美好姻缘的动人故事。而这“媒婆”，怕是三者中最令人“憎恨”的了。媒婆多数靠三寸不烂之舌做“谎媒”，她们抓住男女双方的心理，一味地甜言蜜语，天花乱坠，把双方均吹成天上有地下无，结果是期望越高失望越大，双方均大呼受骗上当，乃至婚姻破裂，家庭悲剧由此产生。

民间流传的媒婆说谎媒的故事颇多，不妨录下一则。

有户人家，儿子长得眉清目秀，一心想找个如花似玉的婆娘。邻庄的媒婆看准了小伙子的心思，便毛遂自荐，愿为其配一个花容月貌的女子，并夸耀说，她选中的姑娘身材添一寸嫌高减一寸嫌矮，添一分嫌胖减一分嫌瘦，真正是不高不矮不胖不瘦，五官端正模样周正的大美人。小伙子的母亲知道媒婆说的是哪家姑娘，疑惑地问：“好像听人家说，那姑娘嘴大了些。”媒婆一听直摇头，“若是不信，大嫂去访就是了。”小伙性急,“去访，去访”。三天后，他跟母亲去邻村访亲。巧了，家中只有姑娘一人，小伙子乍一看，姑娘确如媒婆所说，心中暗自叫好。妈妈在一旁看在眼里，心想常听人说这姑娘嘴大，倒也看不出，不妨一问，令其开口一试。

“姑娘一人在家呀？”

“嗯。”姑娘手中针线不停，抿嘴应了一声。

“你妈妈呢？”

“过河。”姑娘嘴噘得高高的，越发小了。

“过河去哪儿啦？”

“看外婆。”

"看外婆可曾带什么东西啊?"

"带鹅。"

小伙子见母亲一连几问，姑娘回答得清清爽爽，嘴巴一点儿也不显大，便高高兴兴地拉着妈回去了。当年正月，小伙子花轿迎娶新娘子过门，便拜堂成亲了。就在成亲的当日，新娘子得哭嫁，小伙一看，我的天，姑娘在闺房号啕大哭，那张嘴大得能吞下一只馒头都不止，心中直呼上当，懊恼自己没有访清楚，悔之晚矣。他哪知道，他那日来访，姑娘所说几句话，都是媒婆精心策划好了的，都不是开口音，动嘴幅度小。这媒婆真是什么法子都会使，谎媒难防呢!

久而久之，为防止谎媒，当地人请媒时先让她看看主人家神柜上三样物件儿：镜、秤、尺。这里有两层用意：一为告诉媒婆此家主人心眼似镜，明白得很，同时表明此家家境富裕，有秤称米吃，有尺量布用；二为暗示媒婆要以这三样物件儿去与对方权衡一下，照一照黑白，称一称轻重，量一量长短，是否门当户对、郎才女貌。

即便如此，媒婆在一对新人成婚前及成婚的喜日仍是受人敬重的。不论你家境是贫是富，三顿酒是必请的：请媒酒、待媒酒和谢媒酒，一次都不能少。不仅如此，请吃前，每次都得备礼品，多半是二斤猪肉、两条鱼，还有双份茶食之类，难怪当地有"好吃做媒"一说。

不过，媒婆"红席大人"一做，风光也就随着谢媒酒席而散去了。当地有话，叫"新娘子进了房，媒婆扔过墙"。以后小夫妻和不和睦、恩不恩爱，均与媒婆无甚干系了。甭担心，那媒婆不会失业的，只要嘴能说、腿能走，总会有人来请的。

# 访　亲

访亲，是以“父母之命，媒妁之言”为基础的。换句话说，因为有“父母之命，媒妁之言”，访亲的风俗才得以形成。

访亲，多半是在说媒的把男女双方家庭说得均有了意思，有结为亲家的愿望之后才进入的一道程序。早年间，苏北里下河一带，除去指腹为婚、童养媳外，男女双方本身不论是否成年，订婚前是见不得面的，两家之间的往来，靠的是长辈间的轮流互访。乡间常有这样的笑话传出，说是放牛的小伙，不经意间其牛偷食了打猪草姑娘网兜里的猪草，两人争执起来，被熟识的长辈看到，赶忙拉扯开来，原来两家已是访了亲的。

访亲，选择什么样的角色参加很是要紧，不是随便哪个都能充当访亲者的。一般说来，访亲者在本家族中算得上有头有脸的，能说会道的，颇具权威的。不论男方访女方，还是女方访男方，访亲者大多是当事人的妈妈、嫂嫂、姐姐，或舅母、姑母、姨母，或伯叔婶母，俗称“三姨娘六舅母”。她们均是过来之人，有亲身体会，懂得关头过节，访时必然极细致、极顶真。小孩子或娶或嫁一辈子的事，不细致、不顶真怎么行呢！

访亲涉及的内容颇广，一般不外乎以下几种。

纯属于男方或女方当事人自身的有三点。第一，外貌如何，是越看越想看，还是看上去还过得去，抑或是一看就恶心。第二，德行如何，在村子上有无恶名，有无劣迹，诸如鸡鸣狗盗之事，特别是有无男女苟且之事。尤其是姑娘家，一旦有，便“伤风败俗”，亲事自然泡汤。第三，口手如何，对男的而言，要看是否能算会写，肚子里有点“墨水”；是否能耕会种，身手勤快不是懒汉；切切不能善赌会花，将来成为败家子。对女的来说，要看是否能缝会绣，沾点儿“巧”气；是否能煮会烧，是个把家的主儿；万不能能打会骂，日后成为恶婆娘。

属于男方或女方及其父母的，有一点：即父母和子女的“底子”清不清。这话说白了，就是有没有狐臭。你别看乡里人识字少，平日里直头棒儿直头戳，关键场合还是挺顾及人家脸面的，不是直说狐臭，而说“底子”，显得颇有修养。说起这狐臭，可说是当地青年男女婚姻之大敌。一旦有狐臭，便是“底子”不清，俗称“大衣袖”。若如此，仙女似的姑娘，小伙子也不见得敢娶；男的即便是沈万三，富甲一方，姑娘也不会嫁的。说是这狐臭传代的，那还了得。

属双方家庭方面的有两点。一是财产是否丰厚。老辈人颇讲究“门当户对”，悬殊大了不行。当然有时也不一定的，在乡间有“女攀高亲”之说，因而男方借“买猪不买圈”下台阶，只要选中姑娘，管她家门槛高低呢。这，或多或少有点“阿Q精神”，十全十美的事不那么容易，打个倒算盘罢了。二是门风是否正。当地人中，“倒插门”女婿极少，因而男方对女方家门风计较不多。而女方嫁到男方家之后，十分希望能过上上下和睦、夫唱妇随的安稳日子。顶担心的是，婆婆盯这看那像防贼，小姑子算筋算骨占上风，这叫作“三姑夹一嫂，纵好也不好”。

不论内容多少，头绪多少，想访总能访出个子丑寅卯来。访亲中最难的是访人。若是男访女，那女方家一听说有人来访，被访的是非躲不可的。一来是有意拿拿乔，二来免得被旁人说成“厚脸”丫头。你看，一边是姑娘不让访，另一边是不见姑娘不放心。怎么办？只得借用访财产、门风、底子之法，既明察，亦暗访。暗访的法子颇多，或到左右四邻家中串门子，或找常跟姑娘在一块的姐妹们谈心，或摸清姑娘的生活常规，诸如何时在河边汰洗衣物，何时下地干活儿，凡此等等。更有甚者，乔装货郎卖货到府上，不仅能面对面说话，看清容貌，还可测试姑娘是否心灵手巧，是否乖巧温顺，如此，岂不是万无一失！

# 合八字

经过了“请媒”“访亲”之后，若是男女双方愿意结为“秦晋之好”，此时，女方家便会请媒人将姑娘的“口语”送到男方家。这“口语”，即生辰八字。我们兴化当地人称生辰八字叫“口语”，原因何在，没专门细究过，说不出更多的道理。不过，男女双方即便愿结秦晋，也不一定能成为夫妻。这当中还有一道程序，那便是须将男方的“口语”，与媒人送来的女方的“口语”合一合，看看命相是否相合，这便叫“合八字”，此为乡里人早年间婚姻成败之关键也。

“合八字”，相传到清朝才兴起来。据说，明朝末年有位叫王铁珊的大臣，苏北里下河人氏，此人甚是忠厚耿直，避乱在家，一心想摆脱“伴君如伴虎”的生涯。无奈皇帝爱贤，竟准了他“汉不招驸马，满不中状元”的条件，传他进京为官。其后不知过了多少年，有位聪明美丽的公主，一心要招汉人为驸马。其时，王铁珊虽早已辞世，然“汉不招驸马”的禁规尚未失效。那些继王铁珊之位的臣子们，不想皇帝违约，便利用皇帝迷信“三生”因果报应之说，搬出婚嫁“合八字”的命术来。在“何年何月何日何时”这八字中，除五行诸如“水火不相容”外，主要以男女双方的生肖属相为准。比方说，一方属羊，一方属虎，即“羊入虎口”，命相不合，相克。臣子们以此为借口，直谏皇帝不得违先皇邀王铁珊出山之约。于是上行下效，结婚“合八字”之风很快在民间流传开来。

在乡间，“合八字”自然不似皇宫里那么正规，有正经八百的专家来操作。当男方家接到媒人送来的“口语”后，便择了双日子请算命先生算。算命先生，俗称“瞎子”，与通常有眼疾的人不一样。乡里人挺讲究避讳的，避瞎子讳，称之为算命先生。“合八字”，用算命先生的行话，叫“掐八字合婚”。在“合”的过程中，一些常识性的道理倒是颇好懂的。譬如，男女双方，一方属龙，一方属虎，便称为“龙虎斗”，命相肯定不配；一方属蛇，一方属鼠，也不配，这叫小“龙虎斗”。只有牛马呀，猪羊呀，鸡兔呀，才好配，道理显而易见，它们可以同槽、同圈、同窝吃住，和睦相处，永享天年。

经算命先生“合”过之后，命相不配的，男方家便托媒人带条糕，连同人家姑娘的“口语”，退回女方家，两不伤和气。如若命相相配的话，男方家便会十分欣喜地将姑娘的“口语”压在家神柜香炉底下，连压三天。这三天内，如果平平安安，家中没有一点儿不顺心的事，那说明女方姑娘好命，会给男方家带来好运；如果发生了不顺心的事，哪怕是小孩子打破一只吃饭碗，男方家都会认为这是女方姑娘带来的不好的兆头，那“口语”自然不可能留下来的，婚姻之事更无从谈起。但是，你这里退了“口语”事小，风声传出去，说人家姑娘命不好事就大了。就为这“合八字”，不知坑害了多少无辜的姑娘。在乡间，一旦第一家传出某某姑娘命不好之类的风声，便会惹出许多闲言碎语，弄得好事的媒婆都不再上门，姑娘自身也抬不起头来，有的甚至成了嫁不出去的“老姑娘”。你说，害人不?!

经过算命先生“合”过婚，和家神柜香炉底下压了三天的“口语”相配的，还要举行一次“发帖”仪式。这里的“帖”即“庚帖”，所谓发帖，便是男方家向女方家送订婚礼而用的一种形式。考究的人家，“庚帖”得用洒金梅红纸做成，似请柬一般，折合式的，正面有“双喜”字样。在男女双方媒人的配合下，先由男方请私塾先生在“庚帖”上侧填定“乾造”、姓名及生辰八字，并附喜联的上联。稍后，女方家便收下订婚礼，也请私塾先生在“庚帖”下侧填定“坤造”、姓名及生辰八字，一并答对好喜联的下联。喜联一般不外乎“苏才郭福”对“姬子彭年”之类，但也有即席编联的，其中多数为破旧立新的内容，也有某些男方私塾先生故意卖弄一下自己的才干，想给女方私塾先生将上一军。比如，男方姓潘，女方姓何，男方的私塾先生就拆字为上联：“有水有田有采”；这就难为女方私塾先生了，幸好这些老者腹中总有一两下子，思索片刻，也就来了个下联：“多人多口多丁”。下联一出，同声称妙，这亲事自然也就定了下来。

俗话说，“养女三坛酒”。举行订婚礼时，男方须送给女方第一坛酒，此外还有糕馒、鱼肉之类的盒担，以及六个不同颜色、不同图案的衣料。这些让如今的姑娘小伙见了似乎好笑，但在那时，送得起上述订婚礼的，便不错了。

# 通　话

合过生辰八字，送过订婚礼之后，这门儿女亲事便是木板上钉钉——准成了。当然，也有订婚过早，姑娘小伙长大之后不满意那“娃娃亲”，闹退亲的。不过极少，能退得了亲的，更少。对年轻人闹退亲，家长和长辈们多半是反对的，“婚姻大事，岂能当儿戏，怎么能说退就退呢”！

亲事确定下来之后，结婚之前不论多少年，早先兴化一带的规矩，女方是不能到男方家去的。若是去了，必定遭到村上人的讥笑和责骂。说，堂堂一个闺女，“马叉”得很，蹲不稳；又说，自个儿不当人，作践自己，怕是个“骚狐狸”。真是什么难听的都说得出口。对女方姑娘如此苛求，但对男方小伙子则不是这样的。男方的小伙子去女方家是名正言顺的。按当地说法，平常无事，小伙子登门叫拜望，逢年过节上门则叫“看亲”，一年下来至少三次：端午、中秋和春节。这三次是不作兴空手而去的，应带去按例的礼物，有几样是少不了的，水面（长命百岁）、京果（果然如意）、肉（福禄双全）、鱼（吉庆有余）。千万别小看了这几样，早先的乡民们能否吃得上一日三餐都成问题，能备齐这几样的，算不得多。然而，这毛脚女婿上门，每次礼物的厚薄，往往会引起女方的不同反应，尤其是碰到爱占小便宜的丈母娘，喜怒则完完全全写在脸上。礼物丰厚，便是眉开眼笑，“丈母娘看女婿，越看越有趣”，那女婿自然会受到很好的招待。礼物稍薄，则老脸一沉，话中带刺，那女婿只会落个“毛脚女婿上门，薄粥三盆”。反差如此之大，弄得小伙子每次“看亲”都要跟父母反复较劲，多争取一些礼品，免得上了门之后，难看又难受。难怪当地有“宁可锅里断了勺，看亲礼品不能薄”的说法。

平常四时八节“看亲”的礼品，女方家只计较厚薄，而到了“通话”时，送“通话礼”则颇有考究。“通话”，实际上是男方家向女方家提出，“要带人啦!”说白了，便是男方想成亲，问女方同不同意，此即为通话。在当地，通话不外乎两种：一种是男方先以礼品暗示，一种是送了礼品再请媒人口头明说。由此看来，这“通话礼”是少不了的。送“通话礼”，多半在当年中秋节，除去每年中秋节应备的礼品之外，若想过年时成亲，就非加送一对鹅、一对藕不可——这两样物件皆有讲究。鹅，一为表明女婿为人忠厚老实，二为鹅的叫声“嘎哦嘎哦”，其谐音意为“嫁我”，姑娘家自然明白其意。常听人说，村庄挨村庄，风俗不一样。此话不假。同属苏中里下河，也有地方通话礼不送鹅，而送一对鸭子的，其意甚明，鸭子即押子，养了儿子跑不掉。据说，高邮、兴化一带就兴送鸭子。尚未成亲，就想到要押子，是否嫌远了一些，看来当地人颇看重传宗之事的。通话礼中另一样必不可少的物件：藕，一为但愿姑娘“出淤泥而不染”，二为女方不要阻拦这门亲事，能像藕那样“路路通畅”“丝丝相连”。

但凡女方家从毛脚女婿的中秋节礼中见到鹅藕之后，心中便知姑娘快成了婆家的人了。如若同意姑娘出嫁，女方收下一只鹅（或一只鸭)、一枝藕即可，不同意就全部退回。碰上不肯收礼的情形，千万不能轻易放弃。女方不肯收礼，有时不过是一种策略。哪个都明白，男大当婚，女大当嫁，挡也挡不住的。不是说女大不中留，留来留去留成仇吗！这当口，得听女方父母丢下的是什么话。有的说，“姑娘还小啊”。

有的说，“姑娘一年为家里挣多少多少口粮呢”。如此等等，只不过是多要彩礼的托词，有意抬高姑娘身价的。只要请媒人出面，给女方家一个面子，过年办喜事多半不成问题，尽管放心地择佳期，“送日子”。

# 送日子

送日子是在通话之后、结婚成亲之前进行的。结婚成亲在兴化一带称之为大喜，而送日子则称之为小喜。

送日子，顾名思义，就是男方将择定的娶亲日期写在红纸上面，送到女方家中，一来女方好做准备，二来男女双方好通知诸亲六眷，让他们有个打算（备好“人情”多半是送钱礼，也有送衣料之类东西的），到时候登门道喜。

成亲日子具体定在哪月哪日，不是随随便便定的，可说是精心优选的。早先，兴化一带择定吉日大略有三种办法：一种是备好香烛纸钱之类，到庙堂里求签问卦，以求得“上上”签为佳；再一种是备了红纸包儿，请算命先生按天干地支五行来推算日子；第三种是备桌酒菜，请附近颇有名望的私塾先生翻看老皇历，查出“宜忌”事项，选个好日子。不论哪种法子选定的日子，有一点是肯定的，那便是日子必须为双日，逢六（禄）则尤佳。这双日中忌十四，没听人说“十四（十事）九不成”吗？不好。乡民们特别迷信“黄道吉日”“诸事皆宜”之类。现在看来好笑，其时绝大多数人挺信的，并不觉得有什么不好。毕竟时代不同了，现在迷信的市场小多了。话又说回来，虽然几十年过去了，但如今也不是完全没人信，只不过是表现形式不同从前罢了。

因是小喜，送日子当天，男女双方家中必定亲朋满座。主人则必定酒饭相待，自有一番成亲前的热闹与喜气。特别是男方小伙子的爷爷奶奶，更是满脸堆笑。间或有庄邻碰面道贺："恭喜恭喜，要抱重孙子啦!"老人家总是谦和地回应："托福托福。""说不定给二老个'撞门喜'呢。""撞门喜"就是指洞房花烛夜就"有"。"有"，便是怀孕。乡里人平日里识字不多，咬文嚼字起来，蛮好玩的，怀孕不叫怀孕，叫"有"。奶奶一听庄邻的道喜话，格外高兴，"承你吉言，托大福托大福!"做父母的，这一天则是忙。忙归忙，脸上还是掩不住笑意，忙得开心呢。的确，家中要添丁进口了，用当地的话说，快用媳妇了。爱开玩笑的邻居便逮住当父亲的开心："哎，快当爬灰公啦!"当父亲的肚子里早备了现成词回敬自己的乡邻们、老友们："说爬灰是个福分，真爬灰是个畜生!"所有这些道喜话、玩笑话，送日子这天算是发挥的好机会。一到娶亲的时候，人们的眼光和谈论的焦点都会不约而同地集中到新娘子标致不标致、新娘子家陪嫁好不好上了。

有一点差点儿忘了交代，送日子当天，外人看到的是表面场上的风光。其实，送日子前一天晚上，男方家的"请媒酒"才是关键。这请媒酒，媒人可不是好喝的。因为，主人家请媒人，除了表明主人家对媒人在通话时表现较满意、给予酬劳外，更重要的是在送日子时如女方对彩礼仍有不满的话，希望媒人能出面圆场，千万不能因为样把彩礼而执崩（言语不和之意）起来，闹至拒不成亲就不好了。这媒人呢，多数是"吃得好，说得好"的角色，"哎，心放到肚皮里吧，什么大风大浪我没见过，什么样难缠的人家我没对付过，真是。来，喝两盅"。十媒九馋，一点不假。只要请媒酒丰盛，再大的难题，媒人也能帮你破解。

关于结婚彩礼，大致可归为三类。

首先是布料，主要是给女方待嫁姑娘做嫁衣用的。棉的，夹的，单的，均有。殷实富裕人家也有送皮货的，在兴化乡间极少。布料少则十二个，多则三十六个，一般二十四个。这里的"个"，即为"件"的意思，说“个”而不直接说“件”，怕是乡里人习惯说法而已，没得深文大义的。这布料中质地并不一样，土的，洋的，呢的，缎子的，均有。颜色上，以红绿颜色为多，大红大绿其时挺时兴。

其次是首饰。不管你是穷是富，想娶老婆，有五件金银器非备不可的：手镯、戒指、项圈、胸索子、耳环子。这五样当中，戒指、耳环子肯定得是全金的，其他能是金的更好，不能全金，包金也成，若体谅男方家境的，则不再顶真，银的也可。若是碰上讲究的人家，除去上述五件以外，还得配上银簪子、金钗子之类，你就等着花钞票吧！新娘子一身，披金戴银，配齐全了，那可是所需不菲呀！

最后是食物。除常规的鱼肉、鹅鸭、糕馒、茶食之类“盒担”以外，还必须备一坛好酒，这便是“养女三坛酒”中的第二坛酒了。

送日子这天，上述三大类彩礼都得随了那张大红纸笺送到女方家中的。因那时，很少有女方直接伸手向男方家要钱的，因而送日子时也就没有钱送过去了。这一点，倒跟如今不太一样。如今的姑娘，一开口便是几万块，懒得要这要那，有了钱什么都有了，挺省事。看来，还是现时的姑娘聪明。

女方家收到那张写有喜期的红纸笺儿之后，便开始忙了，为待嫁姑娘忙嫁。

# 忙 嫁

苏北里下河兴化一带，青年男女办喜事，多半在正月里头。过年办喜事，喜上加喜，热热闹闹。亲戚朋友来个大会齐，主人家高兴。因而，自小喜送日子，到大喜办婚事，中间时距算不得长，多也就是百日左右，短则个把月，忙是免不了的。男女双方比较起来，女方家尤忙。

头一桩是忙嫁衣。男方家送来的布料不仅均得裁剪，而且有的还得配上里子。诸如棉衣、小夹袄之类。就拿做棉衣来说，面子布料是大红色，里子也得选配大红色。这可是有讲究的，叫内外一色。新娘子到了婆家，不致被视若路人。里子布需配有图案的话，也不是随便配的。一般来说，各式条纹均可配，说是“条子条子，条条有子”，图个吉祥。配格子的就不成了，“格”与“隔”音谐，格子隔子，从里隔住不能生子，属大忌。

短时间要赶做几十件嫁衣，实在够忙的。然而，不管家中多忙，不管待嫁姑娘如何心灵手巧、能裁会缝，一般是不拿针线的。何故？理由有二：一是当妈的有意让姑娘省心些，这缝补浆洗之类的活计，到了婆家有得做呢；二是待嫁姑娘本人动手赶嫁衣，被邻居姑娘看见，定会笑话的：“熬不住了，生怕嫁衣赶不上误了成亲么，自个儿动起手来了，好没羞！”你说，人家大姑娘家家的，哪经得起如此数落。所以，不管多忙，待嫁姑娘总是打定主意，不动手。这当口，平日里知己的亲朋好友会主动帮忙的。值得一提的是，给待嫁姑娘做嫁衣的，一律应是全福之人——夫妻双双，子孙满堂。寡妇鳏夫或是无后的均不够格，嫁衣是经不得他们手的。忙嫁衣再讲究的，便是针线了。无论粗缝、细缝，或是绲边儿，必须一根线做到头，中途不能断，不能接；一根线做到头，不能倒针，不能打结。若是不这样，那意味着婚后夫妻不能和睦地白头到老，不是“断弦”（断线）要接，便是颠颠“倒倒”“结结”皱皱，日子过得“疙疙瘩瘩”，一辈子难安稳。

第二桩是忙嫁妆。姑娘要“出门”（意即出嫁），当父母的终归得忙。但父亲与母亲忙得不一样。上面说到的嫁衣，全是母亲掌管，父亲不理不问，若无其事。但忙嫁妆，不论是进城挑现成的买，还是购料子请木匠做，均需要父亲做主，操心费神了。母亲顶多从旁查点，一般不怎么过问。说到陪嫁，大致有三种规格，有钱人家“四铺四盖”，殷实人家“两铺两盖”，寻常人家“一铺一盖”。不过，家底再穷，姑娘出门，陪嫁起码也得有马桶、脚盆、灯盏之类。这也图个吉利，马桶俗称子孙桶，脚盆是将来姑娘生孩子分娩用的，灯盏象征着光明。这几个钱是省不掉的，非花不可。

忙好嫁衣、嫁妆之后，嫁期也就近了。这当儿，女方得请全福之人给嫁妆上剪贴大红喜字之类。手巧一点的，还能剪出“喜鹊登梅”“鸳鸯戏水”“丹凤朝阳”之类好看喜气的图案。另外，各式嫁妆里还得放上红纸、钱币、糖果、红枣之类。尤其是马桶里得装上枣子、桂圆和七只鸡蛋，象征将来早生贵子、贵中状元、七子团圆之意。这不仅是美好的祝愿，还有实用意义，须到婆家的第二天方才见效。

一家人和亲戚们都在忙嫁，待嫁的姑娘倒是闲着。这倒也罢了，可奇的是，“开脸”前，竟连续三天不吃有渣滓的饭菜，仅用鸡蛋、蜜枣、桂圆代之，这叫“饿嫁”，为的是新娘子上轿之后，到拜堂成亲，直至翌日“开脸”前，都能坚持不用马桶“大小解”，否则便是晦气。陈年老规矩，祖上传下来的，信与不信，从与不从，均由不得你。

# 迎 娶

男婚女嫁，热闹喜庆的是男方家。那女方家，姑爷上门迎亲时还算热闹，一旦姑娘出了门，上了轿或轿子船，虽说也满堂亲友，却一下子冷清了许多。在家住了多少年的丫头，就这样到别人家去了，当父母的心里头也不好受呢。此刻，男方家则是另外一种情景，众亲友越忙越有劲儿，新娘子快进门了。放眼望去，四周的布置也满是喜气。门窗上喜联很是鲜艳。喜联多半按老理儿写，譬如大门上，通常便是“福来俱是五喜到定成双”，那新房门上更为醒目：“红梅多结子绿竹广生孙”，横批“螽斯衍庆”。要是讲究的人家，堂上还得挂喜联、喜幛。

当地人娶亲，要么用花轿，要么用花船（亦称轿子船）。据说，用花轿迎娶并非祖上传下的规矩，而是待嫁女争取所得。本来，父母之命、媒妁之言就够受的了，若是不拘礼仪而成亲的，日后夫妻斗嘴，丈夫一开口便是：“死不要脸，自个儿跑过来的，又不曾八抬大轿去抬。”你看看，人家不争较，反成了罪过了。既然如此，嫁女儿的也不能这么低气，把姑娘给人家欺。久而久之，女方家就针锋相对，提出守亲改为迎亲，不拘礼仪为花轿迎娶。如此一变，日后丈夫再有什么话出来，妻子便会理直气壮：“怎么啦，姑奶奶不是没门槛的人家出来的，三媒六证不缺，花轿迎亲不少，想休便休，门儿都没有！”花轿迎娶，就这样成风定俗了。旧时人家花轿挺讲究的，周正得很，有如古戏中常见的那般，更讲究的还用点灯的花轿。如今兴化一带的人家，似乎不及从前那般讲究，有的花轿出自当地村民之手，一张大桌子，桌面朝下，四脚朝上，架上顶盖，红布一扎，喜联一贴，即可。现时，也有专门从事花轿出租的生意了。一顶轿子，租金有多有少，上档次的，还配乐手，得另外加钱的。不过挺好，省事，租来的花轿也好看、周正。

里下河兴化多水。水乡人家娶亲，得用花船。讲究排场的人家出动三条船：最前面的一条，舱里尽是吹鼓手，一般是6个人，用钱请来的，娶亲时吹奏些诸如《游龙戏凤》《刘备招亲》之类的戏曲儿，吹吹打打，自演自唱，十分热闹，这船叫“乐船”。居中间的一条，舱里摆花轿，轿前放两张方凳，专给新郎和陪郎坐的；轿后放张方桌，上有棉被、席子和一对花枕头，这船叫“轿子船”。最后的一条是空的，显而易见是装嫁妆用的，自然就叫“嫁妆船”。多数人家，只需四根船篙、两条船，便够了。随着时光的推移，在乡里迎娶的轿子船，靠船篙撑的少了，机动船多起来。原本上轿子船的角色，以有力气的为主，渐渐地变成亲友中一些有声望、有脸面的人物了，给男方家撑台面是其一，更关键的是到女方家中多少能说上话，娶亲就不那么麻烦。在当地，原本没有什么事情的，到了嫁女儿时多少都会生出些话来，仅靠媒人调停未必奏效，这些人出场，管用得多。

迎亲必备的“盒担”，按常规是些鱼肉、糕馒之类，均有一定数量，不能瞎来。较之往常，还有两样必备：一样是“养女三坛酒”的第三坛酒此时得有，再一样是三升三合的“还伢娘米”。说起来，这“还伢娘米”不过是个象征，人家姑娘长这么大，难不成就只吃了“三升三合”米吗？

围绕着花轿还有许多习俗呢，譬如，轿前要有火盆火把，轿顶要安“照妖镜”和插羽毛。这羽毛，考究的用孔雀毛，大众化的用鹅毛之类。凡此等等，关目（当地土语，好像含着“某事”“某规矩”之意）真不少。

# 包封儿

轿子船未及靠上女方家庄岸，得先放三响爆竹，女方闻声自会出来接应。双方亲友均道过喜，之后由媒人领了新郎上岸，接着拿火把，端火盆……这里头谁先谁后是有讲究的，不好随便。如果是有“乐苏”（乐队伴奏）的，吹吹打打，更是热闹。有的男方家既想热闹，又不想多破费，于是想出放录音的招数来。喜庆的曲儿从录音机放出，可算是另有一番热闹。这，自然是近年间的做法，早先兴化一带是没有的。

这刻儿，看热闹的多起来。从河口到巷两边，一直到女方家门前，都会挤挤簇簇，满是人，男女老少，不计其数。此时，最活跃的是“细猴子”（当地小孩子的俗称），真像猴子似的，在轿子周围钻来钻去。而年轻的姑娘们总是躲在人后或墙角不显眼处，偷看：这新姑爷相貌如何，美男子？丑八怪？大路货？

别人看热闹的时候，上轿子船的正忙，没空理会。因为轿子船上的东西包括“盒担”之类，进入女方家都有规矩，不能随意乱塞的。譬如花轿，必须停放在女方家大门外事先备好的芦席上，轿腿不能着地。照当地说法，万物生于土，土便是财，轿腿着地，便带走了女方家的财气，女方后代定会受穷的。轿子停放妥当，迎娶的人们还不能马上进入女方家正室。不相信？瞧，那门是紧闭着的。不过，别紧张，只需新郎官给女方喜妈包个封儿——递上红纸包，门就开了，这叫“开门封儿”。新郎晓得，从包了这头一个封儿起，接着要包封儿的地方多着呢，他心里有数，家中先前预备好了的，封儿均在口袋里，到时掏就是了。

为难归为难，新郎官包了“开门封儿”之后，女方还是以礼相待的。正门打开后，首先用“茶”为轿子船迎娶的人们暖手、甜心。这里的“茶”与茶叶毫无关系，实际是糯米粉做成的糖团。说成“茶”，潜含客气的意味。下糖团，或每碗四只——事事如意，或六只——六六大顺，或八只——八节康宁。不要担心，糖团个头如桂圆一般，一双筷子夹一只，好下口；即便是八只，对乡里大劳力来说，吃下去也不费事。一般上轿子船的客人是这样，可新郎官碗里的就不一样了，似乎是特别优待：盛糖团的碗大了许多，碗中糖团也精致了许多，个头甚小，状如豌豆。明眼人一看便知，这是在为难新郎官呢。若是用筷子一只一只夹着吃，势必费时，到时候人家丢碗你还慢慢吃，岂不难为情？若是想速度快，就着碗口扒，又不怎么文雅，吃相太丑，更难为情！你还别说，女方家这道茶，还真难住不少新姑爷呢。可也有聪明的新郎，索性只用口不动筷，就是说只喝口汤，糖团一只不碰。这举动，机敏地留个“满满有余”的伏笔，让女方得了个好兆头，双方开心。

新娘子临上轿前，照例得哭，叫“哭嫁”。而新郎则不管新娘子的啼哭，跟着喜妈后面转，忙着包封儿。凡上锁的箱笼柜橱，他都得包封儿，捏一把锁一个封儿，数锁就是了，因而叫“捏锁封儿”。这箱笼之类也不是全锁完，得留一只箱暂不锁，新娘子上轿之前，“长高”用。这“长高”也有称为“压箱子”的，实际就是男方女方一对一比着往箱子里扔钞票。早先，兴化农村人的手头没有多少钱，“长高”也就象征性的，双方各放进几块钱，礼数到了即可；也有家中殷实，想争脸面的，双方一次比一次放得多，最后争得各不相让，误了轿子船启程，这时只有资深的长辈出面打圆场，方才罢手。这“长高”的箱子钥匙便重要起来，多半由喜妈亲自交给新娘子，这里头就不免有表面文章了，娘家“长高”压箱子的钱，望招或回门时便会回到父母或哥嫂手中。除去“捏锁封儿”之外，喜妈要为新娘子头上上凤冠盖花巾，这时，新郎又得包“上头”封儿，这自然是给喜妈的。新娘离家出门前要和新郎一起拜别“天地君亲师”，此时，新郎要再包一个“抱轿封儿”，给女方抱新娘子上轿子的人。新娘子被抱上轿子之前，喜妈会用新嫁鞋换下姑娘脚上的旧鞋子，原因与前面一样，旧鞋上沾了娘家土，带走不得。至于“抱轿封儿”谁拿，一般来说，不是父亲，便是兄弟，没兄没弟，舅舅也可代替。这一做法，目的是为姑娘日后回家留个理由，必要时，抱轿子的人该挺身出来讲话，“当初，姑娘本不肯出嫁，硬是我抱上轿的”。这样一来，万一姑娘在婆家受欺，不致回家无门。

当新郎官口袋里的“封儿”均包光了，轿子船也可离岸了。返回之前，撑轿子船的要在女方家附近河面上连打三转，叫“风车位子”，说是让姑娘转得不辨方向，断了回家的念想，一心一意到婆家生儿育女过日子。这一招，是对着女方家给姑娘留后路而来的。

# 抢上风

轿子船迎回新娘子之后，是不走回头路的。因此，撑轿子船的，从男方家出发时，便将行船的线路谋划好了。不仅如此，行船路上，逢桥遇庙，抑或改变方向，均放上一挂小鞭，祈求神灵保佑。早先，兴化一带，单放几响小鞭还不行，陪郎要陪新郎立身，打躬作揖的。大概后来人嫌麻烦，礼数减省了。

轿子船在河里不能走下口，必须走上风，这里头的讲究源于新郎官本身。据说，早先时候，新郎在新婚三天内除去神仙皇帝，就数他大，哪怕一品当朝也不在话下。何故？只因他做了“新郎官”，于是乎，新婚夫妻说起话来，便是一口一个“官人”，一口一个“娘子”。不过，这新郎的“官”仅当三日，时辰一过自然“削职为民”，人们很快便忘记了其当“官”的历史。倒是那新娘子，不论过去几年，只要尚未开怀，仍有人叫新娘子，不过头上多了个“老”字罢了。再说那新郎官，既有三日官衔，便不能吃下，故而轿子船必须走上。行船途中，要是碰上其他农船、商船、渔船之类，大家都晓得是新郎官的轿子船为大、为上，会识相地认小、为下，极自觉地走了下口。本地乡俗如此，不为过。

然而，凡事都有例外。轿子船在河里“抢上风”的事亦时有发生。旧时若碰到横行乡里的官老爷，那官船是不让你的，怎么办？抢！称霸惯了的官老爷不会轻易让新郎官为上、为大，而新郎官与撑轿子船的汉子们似更不服气。“历朝历代官在上、民在下，官坐民跪，穷人一辈子就这三天‘官’，你都不肯让，非争不可，那就不怪人了。”于是乎，撑轿子船的汉子们齐心协力，挥舞船篙，一定要让新郎官抢了上风，当成“三日官”。万一抢不了上风，另外还有一法，那就是让新郎官上岸，飞身疾奔，只要比官船超出一步，便大了一级，两步大两级，三步便逢官大三级了。尽管新郎官累了一点，但这口气非争不可，这上风非抢到手不可。现时，兴化一带，“抢上风”，多数不是跟官船抢，要么是乡里不讲道理的泼皮之徒，没有什么礼数好讲，想他让出上风不可能，只能靠抢；要么同是迎亲的轿子船，两位新郎官碰到一起，均想占上风，怎么办？想让可不成，依本地乡俗是非抢不可。每年正月里，为“抢上风”，多多少少总要闹出一些不愉快的事情的。

乡里人之所以如此看重“抢上风”，据说是因为抢了上风的新郎官会一辈子风风光光，逢凶化吉，遇难呈祥，一顺百顺。想来，这不过是一种愿望而已，可信度值得怀疑。

# 哭　嫁

哭嫁，这在现代青年男女看来是不可思议的事。即将和自己心爱的人结合，生活在一起，该是多幸福的事，哭啥？其实，如今的年轻人，怎么也想象不出早先青年男女的婚姻是怎么一回事的。“父母之命，媒妁之言”使青年男女双方失去了择偶的自由，再加之旧时一些礼数的限制，直到结婚前，双方几乎形同路人。想想要和一个完全陌生的人过一辈子，真不知会怎样，担心在所难免。这不，泪水便来了。

新娘子真哭的原因不只上面所说的情形。想想马上就要离开自己的衣胞之地，特别是要和母亲分别，母女舐犊之情啊。俗话不是有“宁死当官的老子，不死讨饭的娘”吗？此话也不全没道理。平日里，在娘身边不管多么任性，都会宽容。嫁到别人家就不同了。做了人家的小媳妇，公婆要孝敬，丈夫要服侍，哥嫂姑子要相处，凡事都得小心，真是不可多说一句话，不可多走一步路呢。更何况，“吃鱼吃肉，媳妇在后；车水种田，媳妇向前”的旧风俗尚在，小媳妇的日子，难！

这一堆，自然会呜呜地哭起来。当然，也不是所有新娘子都真哭，也有假哭的。这假哭，不是多此一举吗？兴化一带的风俗如此，新娘子总得哭，不管真哭假哭，不哭不作兴。假哭者，多半对婆家的一切称心满意，嫁过去不仅不会吃苦，甚至比在娘家还要好，心头便喜滋滋的。可规矩是要哭，只有假哭，来个干打雷，不下雨，抑或半天硬挤几粒雨珠子。如此做法，也是新娘子为自己留条后路。若是不哭，撑轿子船的都能证明，新嫂子嫁过来高兴着咧，哭都没哭一声。这一来，日后万一遭婆家欺负，半句懊恼话都出不了口，只能哑巴吃黄连，有苦难言。若是一启齿，定遭反击，“现在晓得哭，当初不是笑嘻嘻地嫁过来的。现在嫌受委屈了，早干什么去了”。明明受了气，回娘家也都开不了口，只好窝在肚子里。后来的姑娘为了记取这样的教训，便不管好歹，哭一场再说，假哭也行。于是，哭嫁之风便形成了。随着时光的推移，假哭的新娘多起来，哭嫁的风气亦越来越浓。不过，现时的新娘子，原本假哭，渐渐哭出真情的也有。在诸多风俗中，哭嫁的讲究稍少一点，顶多是双眼不能睁，说是不作兴。

# 捺性子

新娘子上了轿子船之后，只有哭嫁，抑或呆坐，不能吃东西（腹中空空好几日了），不能大小解（破了此规要晦气的），真是难受。好不容易，熬过几个时辰，轿子船到了婆家，快上岸吧！慢着，有一关须过：“捺性子。”据说，这是婆婆给新媳妇的第一个“见面礼”。不论新娘子脾气、性子怎样，做婆婆的均“捺”一“捺”。“廿年媳妇熬成婆，做了婆婆压媳妇”，如此看来，还是有点根据的。为遵婆婆旨意，给新媳妇“捺性子”，于是乎，本当很快靠岸的轿子船，靠岸前还得玩些花样，在婆家庄子的河心里来三个“风车位子”。或许有人会问，轿子船从新娘子庄上刚启程时不是“来”过了吗。不错，还得“来”！你看，那轿子船在河心里连打三个转，河水都起浪了。真是想把新娘子转得头昏眼花，不辨南北西东才罢手吗?!

眼见着轿子船靠了岸，这下该给新娘子“松绑”，让她先上岸吧？又饿又累的，说不定正憋着呢。不行，上不了！按规矩，头一步先搬嫁妆。你看看，这不是明摆着跟人家新娘子过不去，小媳妇真是难当啊！晓得当地风俗的并不着急。嗐，着什么急，婆婆在给新媳妇“捺性子”呢，等吧，不等咋办？谁不都是这么过来的吗。轿子船上的壮汉们此刻有了用武之地，一样一样地把箱笼柜橱往新郎官家里搬。搬嫁妆快不得，须稳住劲儿，慢慢来。要是毛手毛脚，一不小心擦掉木器东西上一点油漆皮子，那就是不吉利的。主人家见了自然不开心，当事人也会觉得对不住人家，弄得大家都不好过。因而，搬动嫁妆，主人家会委派管事的再三关照，轻点，慢点，早着呢，莫慌。

一件件嫁妆在新房里摆放妥当之后，该抬轿上岸，把新娘子从花轿里“放”出来，好松动松动了吧？仍是不行。嫁妆中还留有一样在轿子船上，那便是规定最后进新房的“子孙桶”，说白了就是马桶。当初不知是谁给起了个“子孙桶”之雅称，这在茄瓜大的字识不了一笆斗的乡里人来说，真是难得了。端这子孙桶，多半是男方喜妈的本分。谁知，又有喜好闹事的想出新招来，说既是子孙桶，就得由有子有孙的姑爷代端。说到姑爷，多半是婆家的贴心人，选择颇佳。不过，姑爷也不是软柿子，哪个要捏就捏的，碰到爽气的姑爷，想想算了，给新娘子一个方便，端便端了，日后新娘子自会领情的；要是碰到脸皮薄、脾气犟的姑爷，那就糟了，新娘子在轿子船有得等呢。那姑爷，先是东躲西藏，既而推三阻四，纠缠半天，才肯动手。也有的姑爷，既不是面皮薄，也不是不好说话，可无论哪个劝，高低就是不端，目的很简单，故意拖延端桶时间。明眼人一看便知，此姑爷被丈母娘“收买”了，在讨丈母娘的“好”，替她给新媳妇“捺性子”呢。姑爷如此做法，难不成就没有“私心”？说不清楚。

# 闹洞房

好不容易熬到新娘子下了花轿，可头上的红盖头仍不能揭，新娘子依旧得闭着眼，一步一步由福奶奶领着走向新房。难怪，兴化一带的福奶奶也叫搀妈奶奶呢，出处大概便源于此人作用在“搀”字上。这刻儿，新娘子一定要听搀妈奶奶的话，手、脚、嘴不能随心所欲，须等到闹洞房才行。新娘子进洞房，有许多规定的仪式，必须完成。

头一道程序，“跨凳子”。这程序与先前的“捺性子”相比，天壤之别，没什么难的。凳子极矮小，便是乡里人称为“爬爬凳儿”的那种。凳上用红色布带子扣着斧头和大葱。其用意是为了消除新娘于途中惹上的魔气、邪气和污气。也许有人会说，轿顶上不是有筛镜和三官经照护吗，何必多此一举。老辈人传下的关目（当地土语，好像含着“某事”“某规矩”之意），非做不可。新娘子能从凳上跨去，那么，魔气、邪气和污气就会被斧头斫（砍）掉，大葱（冲）冲掉，预示着永远光洁、安康。

第二道程序，“喝糖茶”。新娘子领到洞房中新床边，面朝南而坐。此时，新娘子照规矩眼睛不能睁开的，只待新郎官去揭盖头。揭了盖头，搀妈奶奶便会递过去一碗糖茶，新娘子喝了糖茶之后，方能睁眼。这也有讲究的，说是新娘子一直在轿中哭嫁，眼睛自然是苦的，要是不喝糖茶甜一下嘴，那眼睛望到哪儿便会苦到哪儿，那还了得。所以，得用糖茶冲掉一切苦水，让眼睛睁开，自然望到哪儿甜到哪儿，就会生财。

“望窗口”，是新娘子进洞房之后的第三道程序。这道程序规定了新娘子睁开眼睛之后，头一眼必须朝窗口望。这窗口原先是用红纸糊好的，待到新娘子望时，便会有人用筷子将纸戳破。此时，新娘子从破洞中望到的是一张小男孩的脸，笑眯眯地朝她笑。这叫作筷子筷子——快生贵子。许是有人要问，这窗口是糊着的，新娘子什么时候揭了盖头望窗，外头人怎么晓得，怎么戳得如此之巧？不要忘了，洞房里有个报信儿的，那搀妈奶奶不在么。她自会传出话来，如此内应外和，巧也不奇。

这窗口糊红纸，说是源于一则传说：水母娘娘生有一只九头怪鸟，怪模怪样，奇丑无比。可这九头怪鸟，缺乏最起码的自知之明，还自认为自己漂亮，有色彩艳丽的羽毛，因而常爱与人比美。这鸟打听到新娘子最漂亮，心中不服，于是哪家结婚办喜事，它便飞落到哪家新房窗口偷看。哪晓得，新娘子猛地望见窗口丑态怪物，吓得死去活来，无一例外。为了防止这类事情再次发生，主人家便用火点在窗口，吓走那怪鸟。久而久之，传下来便成了红纸糊窗。屋内烛光映照之下，外边红彤彤，似火点燃一般，九头怪鸟一样被骗过了。至于后来时兴用筷子戳窗纸，则是一种暗示，启发新婚男女在花烛之夜如此如此，这样让新婚夫妇之间如胶似漆，恩恩爱爱，百年好合。

洞房里的关目一个接一个。这当儿，堂屋里，“暖房酒”正热闹地举行。亲朋好友，人人脸上堆满笑意，举杯相敬。这餐“暖房酒”，新郎官与新娘子是不作兴入席的。搀妈奶奶在房内照应一对新人，让他们同饮合欢交杯酒。桌子上的菜，只有一对富贵鱼不能动筷，叫作“吉庆有余”。若是平日家教不严的，新娘子不懂此规，动了那鱼，即便新郎官不好说什么，也会受搀妈奶奶“请教”的。这“请教”在乡里人嘴里用得极具讽刺意味，明明是指责、批评对方，确要向人家“请教”，有意思。

“暖房酒”酒兴未了，闹洞房的兴头又起。当地讲究“闹发”，洞房就是要“闹”。当晚，无尊辈长上，男女老少都可闹。不过，一般上了年岁的、长辈的，多半不去闹，在一旁看热闹，分享年轻人的快乐，分享闹洞房的“战利品”。

如此一来，闹洞房的大多是平辈的青年男女，尤其是爱闹笑的小伙子们。即便是这青年人当中，也不是所有的都敢闹。这闹洞房，得会说“四言八句”，用当地人话说，要有“急才”（兴化人的方言，指一个人现场编说词的速度快，且应景）。这是对“喊好”领头人的要求，现场看到什么现编词儿，还得应时应景，不能驴唇不对马嘴的，惹人笑话。自己没有“急才”，又想闹，咋办？那就跟，跟在人家后头喊“好”。这角色好当，不管领头的怎么说，你张口喊“好”即可。你听，闹洞房喊“好”的来了——

一进房门亮堂堂，
看看新娘子好嫁妆；
穿衣橱的镜子对着床，
照见龙凤被里戏鸳鸯……

如此“闹”法尚属文明。有的“闹”来“闹”去，动起手脚来的也有。不信再听——

摸摸新娘子头，
金子银子往家流；

摸摸新娘子手，

数钱数钞动笆斗……

新娘子辫子长又长，

养个儿子上学堂；

新娘子脸盘子圆又圆，

儿子长大中状元……

这贺词一出口，本不出手，也出手了。不然，别人会说你言行不一。如此闹下去，新郎官不生气，新娘子不翻脸？的确如此。兴化一带的乡俗，不会只是从哪家新郎新娘开始，也不会从哪家新郎新娘结束，流传久矣。不管怎样，闹洞房，闹的主要是新娘子，目标不会变。而新娘子只有被闹的份儿，没有开口、动手的可能。新郎官呢，在一旁，只有赔笑脸，打招呼，根本不能生气，这是规矩，多少年了，不会变。要是闹得难解难分了，新郎只好求援。此刻，搀妈奶奶便会出来说话，“好了好了，好关状元门啦!”

无奈，闹兴正浓的小猴头们只好恋恋不舍地离开洞房，咀嚼着从洞房中闹来的糖果、红枣之类“战利品”，沉浸在愉快的回忆之中，回家。也有不死心的，嘴上说回去，转了一圈，又悄悄地返回了，蹲在洞房的窗檐底下，偷听一对新人在说些什么悄悄话。这叫“听壁根”。如此一宿，第二日早上亲友们再会齐的时候，只有听他胡吹神侃一通，揭了新郎新娘的“老底”，惹得满堂大笑，也不枉他蹲了一夜的壁根。当然，也有聪明的新郎新娘知道会有人在窗外偷听，便什么也不说，窗外的那人久蹲没戏，便失望地离去。他哪知道，这一走戏就有了。

遗憾不?!

# 洞房花烛

搀妈奶奶吩咐“好关状元门”，为的是不至于闹洞房闹失了分寸。其时，她还不能离开洞房。又有什么关目？点花烛。

不是常说，洞房花烛、洞房花烛么，闹过洞房之后，搀妈奶奶便拿出一对花烛，分别给新郎官、新娘子拿着，再拨亮写字台上的灯盏，好让小两口儿点烛。这花烛叫富贵烛，又叫福寿烛。点花烛是颇有讲究的，既不能让新娘子先点，也不能让新郎官占先。否则，两支花烛便不能一同点完。说是有了先后不好，预示着将来新郎官和新娘子不能白头偕老了。这可是哪个也不愿意的。于是在搀妈奶奶的主持下，一对新人同时将花烛就到灯盏上，一同点燃。这花烛一点，意味着洞房花烛夜的开始，搀妈奶奶不便再留，于是在新郎官、新娘子耳边耳语一番，再次吩咐关状元门。

花烛跳跃着喜悦火苗，一对新人将揭开全新的生活。这当口，有三个细节值得一提。头一个细节，谁先脱鞋。这在现时新婚男女不成问题的，但在当时颇为讲究。新娘子老实，听新郎的话，先脱。这一脱，便是新郎抢了上风，他便会脱了鞋，磕在新娘鞋上。说是男鞋为天，女鞋为地，换句话说就是男上女下，女人将永远处在下风。既然这样，便有不服气的新娘子与新郎官较起劲来，哪个也不肯先脱鞋，闹将起来的事不是没有发生过。其时，“出嫁从夫”的古训尚且顶用，女权主义自然没有市场的了。

解纽扣是洞房花烛夜的第二个细节。过来人都知道，这解纽扣是“龙凤和鸣”所必需的。可这里亦有难题，即便是新娘子嫁到婆家来，心头喜滋滋、甜蜜蜜，也断然不会替新郎解纽扣，更谈不上自己先解开纽扣了。刁钻的婆婆，通常关照好自个儿的小伙，只要新娘子上来就动手动脚，不论是解了谁的纽扣，均说明其不大正经，抑或是在娘家就不规矩了。既是有这样的想法，做新娘子的也不至于犯傻。于是，宁愿不睡，也要等到新郎先帮她解下第一个纽扣，然后才自己动手。凡事也不是绝对的，也有讲理的婆婆，关照小伙，洞房花烛之时，解新娘子衣扣要快，叫作解得快，开怀就快，老人家着急抱孙子呢！于是，听话的新郎官一上床，手便直奔新娘胸前，笨手粗脚地解开第一个纽扣，弄得新娘子羞答答的，怪难为情的。

解纽扣的问题解决了，新的问题又来了。一张床，新人如何睡？旧时的床，都有个上下之分，朝东为上，朝西为下。无论是谁先睡东头，都不算好。知书识礼的新娘子，自然觉得先占了男人的上手不好意思，而心地善良的新郎官，也知道把新娘子一个人丢在西头，挺难为情的。说起来也真是，相互谦让的事儿，比如脱鞋，有矛盾；相互争执的事儿，比如上手下手，也有矛盾。怎么办？靠床上的新被子穿针引线。据说，祖上传下规矩，新被子只缝一头，另一头由搀妈奶奶摆在东头。此刻，新娘子便会对新郎官说：“那被头不曾缝，不好睡，今夜就委屈为‘下’一次，明儿再缝吧。”新郎官闻此言，便来个顺水推舟，睡到新娘子身边去了，这叫“并头睡”。此后，“龙凤和鸣”怎么“和”，“鸳鸯戏水”怎么“戏”，便不必多说了。用当地说书艺人的话说，“不在书中交代了”。

# 拜堂·开脸

拜堂，在整个婚俗中占极为重要的位置。早先，兴化一带的人们对拜堂的仪式极讲究。在当地，拜堂大致有两种：一种是穿堂拜，另一种是正筵日晨拜。

先说穿堂拜。新郎官在娶亲的当日就举行拜堂仪式，便叫穿堂拜。穿堂拜在早些时候，多半是小媳妇圆房，亦戏称是“正日子”选得不好，便抢在“正日子”大宴宾朋之前拜堂，翌日款待亲朋好友，虽也爽手，但不怎么热闹了。要想热闹便是“正筵日晨拜”。早先，在兴化当地，晨拜时，富有的人家还请了“乐苏”来助兴。就在现时，没有“乐苏”也挺热闹。晨拜时，但见高堂之上双亲端坐，一张方桌紧挨着家神柜而设，铺有红纸，有“唱礼”者守在桌旁。下手两只圆蒲团，给新人磕头备的。

随着“唱礼”的一声高喊：“拜堂啦——”

门外早备好的鞭炮便响起来，噼噼啪啪，煞是热闹。鞭炮声中，依稀听见“唱礼”的在喊：“一拜天地，二拜高堂，夫妻对拜……”按理说，下面该送入洞房才是。然，在兴化当地，新人拜了天地，拜了双亲，接着便开始拜亲友了。新郎新娘挺乐意磕这样的头的。因为，每磕一下，都有收获。当地风俗，亲友不仅出“人情”，还得包封儿，叫“磕头封儿”。别忘了，新郎官到新娘家迎亲时，掏出了不少“封儿”呢，这刻儿，正是大肆回收的时候了。

这磕头封儿不是你想包就包，想不包就不包的。有“唱礼”的在，按长幼为序，一个一个地点过去。诸如，“大舅舅磕头钱五块，二舅舅……”此人甚是“小气”，不但大庭广众之下报了钱数，而且在那红纸上，一一笔录。你看看，人多眼众的，不想丢面子，不想失身份，那只好一个比一个封儿包得多。心底暗自叫苦，这头可领受不起呢，磕头钱超过“人情”，真是金头。至今不知此招是谁人想起，对主人家来说，颇能得益。

其实，这不过是场面热闹。不是说，“人情”出于晚还吗，人家应酬你，你迟早都是要应酬人家的。想来，当时人看得并不清爽。“人情”攀比之风的种子，就此埋矣。

话又说回来，也有不怎么顶真计较的，主人关照“唱礼”的司仪，不必报礼钱多少。大堂之上，难为情呢。不过笔是要录下的，也好日后人家办事时，心中有数。如此，“唱礼”的就显得文雅了许多。你听：“舅舅舅母礼到——”“姑夫姑母礼到——”……

今天的兴化乡间，新郎新娘拜堂大多是在当日，也就是“穿堂拜”了。拖到第二天早晨的，极少。想来，怕是如今生活节奏快了的缘故。再者就是，以前迎新娘子的轿子船多为人力，撑船篙的汉子力气再大，总是有限的。碰到路途再远一点的，势必影响行驶速度。现在毕竟不一样了，轿子船大多是机械动力，速度快了许多，迎亲回来早了许多，不如让一对新人把堂拜了，主人家也就了一桩事情。何必拖到明天呢！

拜过堂之后，新人回得房中。这时有样关目在等着新娘子——开脸。

开脸，便是去除面部的汗毛。其常规程序如下：先用米涂在面部，尤其是头发边缘处涂擦，之后用红色双线，变化成有三个头的“小机关”，两手各拉一个头，线在两手间绷直，另一个头只好用嘴咬住、拉开，呈“十”字架的形状。这时，只需双手上下动作，那红色双线，便有分有合。线挨到人的面部，便可将汗毛绞掉。这关目，多半是婶娘和嫂嫂来完成，也有叫搀妈奶奶做的。

新娘子开脸之前，新郎官必须先在新娘子脸上薅三把汗毛。此举听上去怪吓人的。薅三把汗毛，新娘子哪里受得了？说法而已，是薅三次罢了，象征性的。这里有何象征含义，了解当地风俗的都知道，新郎肯动手，说明洞房花烛夜，一切如意，新娘子全新的人生是他揭开的。

当然，新郎官不轻易动手，新娘子也不是随随便便让你动这手的。若是想动手则必须用一只去壳的熟鸭蛋，先在新娘子脸上抹上几抹。这里，实际上潜藏着新娘子想说的话，以及新郎官的认可。新娘子要求新郎官做此关目，意在表明，她原本和鸭蛋一样完美，是新郎官使她不再是黄花闺女的。不过，新娘子在忙着表明自身的时候却忘了一件事，查一查新郎官婚前是否规矩。恐怕当时都没有现成的方法。这对新娘子来说，似乎不大公平。现时的新娘子们是否在意这一点，有无新的法子？没有探寻过，不得而知。

# 还　碗

要还的碗，是那帮撑轿子船的悄悄从新娘酒席上拿走的。说是悄悄的，其实主人家也晓得。主人家明知而不过问，由此引出本地婚俗中“还碗”一说。

还碗，实际上是主人家安排，再次慰劳撑轿子船的，给他家迎回了好儿媳，再表谢意。多闹一回新娘子，在撑轿子船的看来，只不过是前天晚上闹洞房的补充而已。

还碗多在傍晚时分，撑轿子船的一帮人，为首的走在前头，手捧托盘，盘里放一双红筷子，以及装满红枣之类的碗，用红纸蒙好。其余人则紧跟着，敲锣打鼓放鞭炮，喜滋滋地向新郎家走去。

到了新郎家，还碗仪式开始。捧托盘的，先用红筷子捣着碗底，边捣边喊“好”，其余人在一旁“和”：

“筷子筷子，快生贵子。”

“好。”

“小小筷子长又长，养个儿子状元郎。”

“好。”

“小小筷子圆又方，养儿胜过李春芳。”

“好。”

李春芳是明朝的一名状元宰相。你说，让新娘子将来的儿子，胜过李相国，这主家能不高兴吗！高兴归高兴，新娘子心中还是早就有打算的：这帮撑轿子船的闹起来不得了，不如先为难为难他们再说。新娘子如何为难呢？原来这桌菜，得新娘子亲自下厨做。于是乎，有咸一碗，淡一碗的；有大得叫人无法下口的；有溜儿圆无法夹上筷子的……凡此等等，明明是故意为难撑轿子船的，新娘子嘴上还一个劲儿赔不是。撑轿子船的便暗自谋划，饭后好好闹闹这颇厉害的新娘子。于是乎，草草结束了筵席，将些油汤油水倒得满桌子都是，所有上桌的碗，都被他们弄得倒扣在桌子上。这桌子必须是新娘子来收拾，别人不好代替，不好帮忙，否则撑轿子船的可不答应。新娘子只好一只一只将碗翻过来，不能有闪失，掉下一只打碎了，是不吉利的。

不过让新娘子为难的，还不仅于此，在还碗的当晚，还有“撒床”的习俗。这刻儿，撑轿子船的，自己不便多闹，便在小孩子身上动脑筋。为头的便将还碗带来的小男孩抱起，对着床铺四角撒尿。小孩子边尿，为头的边喊“好”，其余人“和”：

“撒床撒到东，养了小伙做国公。”

“好。”

“撒床撒到南，养儿娶妻赛貂蝉。”

“好。”

“撒床撒到西，养个儿子穿彩衣。”

“好。”

“撒床撒到北，养儿长大当都督。”

“好。”

此等对话，无须细细推敲，只不过讨主人家欢心，高兴高兴罢了。眼见着小男孩不住气地往床上尿，新娘子也不便发作，还得满脸堆笑，真是哑巴吃黄连，有苦说不出。想来，这都是早些年间的闹法。如今，撑轿子船的还碗，新娘子总是展示一下自己做菜的手艺，好在人们心目中留下印象。而酒席结束，撑轿子船的，也不过象征性地倒扣只把碗，让新娘子做个关目而已。说到那撒床的小孩，多半是听话的，不会乱撒。被撑轿子船的抱起“撒四方”时，纯粹成了一种表演，并不真尿到床上的。

毕竟时代不同了，早先的习俗也在演变，变得更文明了。

## 第二辑

# 民以食为天

# 煮干丝

写下这样的题目，似乎有点儿不合时宜。为何也？现在做这类文章，几乎无一例外，在前面都要加一个字："大"。这"大煮干丝"似乎才够分量，够气派。可，这与我的喜好，与我的出发点，皆相左。窃以为，煮干丝，才是事物本来之面貌。"大"，无疑带有个人感情色彩。而有些"大"则显得别有用心，甚至居心叵测。经过"文革"十年者，大多有此体会。

煮干丝，在清乾隆年间有个颇雅的名号——"九丝汤"。顾名思义，就是九种食材切成丝，做成的汤。哪九种食材？火腿、竹笋、口蘑、木耳、银鱼、紫菜、蛋皮、鸡肉，这八种食材切成"八丝"，再加一丝：干丝。这不正好"九丝"也。也不绝对，讲究一些的，也有加海参丝，抑或燕窝丝的。估计寻常百姓，没有如此讲究的。海参、燕窝这类富贵之物，多为达官贵人、巨商富贾所青睐，普通百姓无福消受矣。

提及煮干丝，不论你承不承认，服不服气，当首推"扬州煮干丝"。扬州煮干丝，与镇江肴肉一样盛名天下。有晚清词人黄鼎铭的一首《望江南》词为证：

扬州好，

茶社客堪邀。

加料干丝堆细缕，
熟铜烟袋卧长苗，
烧酒水晶肴。

词中虽没点明，但写到了扬州干丝和镇江肴肉。

而前文所言“九丝汤”，正是乾隆南巡到扬州时，地方官员用来敬奉皇上的一道菜品。如今早已进入寻常百姓的餐桌，为黎民百姓所享用。只不过，现在的煮干丝，不再繁至九丝，而多以干丝、鸡丝、火腿丝，加鸡汤煨煮，讲究的还会添加木耳、竹笋、青菜头之类的配料。不论配料多寡，其主角仍然是干丝。因而，厨师在操作这道菜品时，对干丝的切制，是极为考究的。

有美食家美誉的汪曾祺先生曾专门为“干丝”著文，介绍说——

一种特制的豆腐干，较大而方，用薄刃快刀片成薄片，再切为细丝，这便是干丝。讲究一块豆腐干要片十六片，切丝细如马尾，一根不断。

汪先生寥寥数语将干丝切制之要领交代清楚，这当中点出了干丝原料之重要，“一种特制的豆腐干”。这是大有讲究的。普通豆腐干，质地偏松，密度不够。切丝时，因含水量偏高，难出精丝，再加之偶有气孔，会导致丝断。如此，普通豆腐干便不可取也，唯有“特制”。这种特制豆腐干，多用本地黄豆，经磨浆、点卤、压制等多道工序加工而成。因知道为制作干丝之专用，较普通豆腐干，压制要紧，密度要高，韧性要好。

接下来才能谈“切功”。用刀讲究的师傅，都有两把刀一大一小，一厚一薄。大刀在两处派上用场，一是削平豆腐干的边皮，二是“片”好豆腐干，最后切丝。小刀，即汪老文中的“薄刃快刀”，专用于“片”出薄片。有种说法“薄如纸，细如丝”，不免夸张，但薄到用火柴点着，这实在令人叹服。有种龙须面，丝细可燃。那还好说，面食可燃性是有的。然这豆制品，加工之后可燃，实难。然对自身要求高的厨师，确实做到了这一点。这样用刀精的师傅，“片”豆腐干时，其刀在手中欢快地行走，动作迅疾，层层翻飞，不做丝毫停顿。瞬间换上大刀，只听得案板“笃笃笃”响个不停，不见刀的移动。不一会儿，一方“大而方”的豆腐干，变成了一堆豆腐丝，呈现在案板之上。细嗅一口，干丝中还飘浮着一缕淡淡的豆香呢。这里有个细节，汪老文中言及，“一块豆腐干要片十六片”，应该说很不易也。然，这“十六片”，尚未达到我们地方上出台的干丝制作相关标准呢！在我们地方上，若标以“××干丝”之名，一块豆腐干则需片出“二十片”，比汪老所说的“十六片”多出了“四片”。这样看来，“二十片”倒成了基本要求。在我们这些外行看来，“难于上青天”的事情，到了“业精于勤”的师傅们手中，则易如反掌也。事实还正是如此，因为更精到的厨师，可片出“三十六片”，那一只豆腐干，被他把玩于股掌之中，真的是游刃有余矣。

至此，到了煮干丝“煮”的这道工序。煮，讲究用“高汤”。多半用鸡汤，且为去油后的头道清汤。如今养殖业发展颇快，规模化养殖，颗粒饲料喂养，这样养殖出来的鸡终不及当地散养的土鸡。汪曾祺先生在谈及煮干丝的“汤”时，这样说，“煮干丝则不妨浓厚。但也不能搁螃蟹、蛤蜊、海蛎子、蛏，那样就是喧宾夺主，吃不出干丝的味了”。这是很有见地的行家之言。这与“高汤”的要求是吻合的，但汪老也给出了“高汤”的底线，并不是所有提鲜的东西都能入汤。如若弄得连一点干丝味都没有了，那还能叫煮干丝吗？有朋友说，因这煮干丝需要“大汤”煮制，故而称作“大煮干丝”。这说法，显然是走的老相声艺术家马三立的路子：“逗你玩”。

汪文在最后又强调了一次，“煮干丝不厌浓厚”，足见汪先生对“汤”的重视。然汪先生没有讲，“煮干丝”为什么“不厌浓厚”？其实，这跟干丝是豆制品有关。这豆制品自身味薄得很，且宜吸油脂，不惧油腻，汤汁浓厚则味高，汤汁稀薄则味寡。

与煮干丝同出一门的，还有一道烫干丝。

如果煮干丝可以看作干丝的豪华版、升级版，那么这烫干丝，似乎可以视为简装版、基本版。我这样说，并不等于这烫干丝没有一点技术含量。

顾名思义，烫干丝、烫干丝，第一讲究就是个“烫”字。虽然说，无论煮干丝还是烫干丝，都要“烫”过三次，但两者还是有差别的。烫干丝在“提碱”过后要“收水”，否则干丝吃着会有水腥气。有水腥气，食用者的味觉便一下子被破坏掉了，原有的“五味”荡然无存也。

这在煮干丝，矛盾就不会如此尖锐。毕竟煮干丝最后一道是高汤煮制，“收水”自然没有烫干丝来得重要。两者一样重要的是“提碱”，均讲究时间控制，以干丝呈软滑之状为佳，时间短不得也长不得。

而“收水”，对烫干丝来说，是在“提碱”之后、装盘之前。滗去碱水的干丝，最后一道“烫”在老师傅那里，讲究的是一气呵成。老师傅一手执开水壶，一手给加入生姜丝的干丝收水，那滚水透过老师傅的手指冲烫干丝，老师傅边烫边收，最终将这盘烫干丝收成一个馒头状。

这时，烫干丝另一讲究便来了，那就是“卤汁”。这卤汁，看上去色泽有如老抽，呈酱红色。如果你真的以为是老抽，那就错也。这卤汁，是选用几种品牌的酱油，加入香叶、桂皮、八角、胡萝卜、芹菜、香菇等原料用小火熬制而成。烫干丝在烫、收完成之后，临上餐桌之前，最后一道工序，便是洒上芫荽、海米、花生米、肴肉丝之类配料，浇上热乎、黏稠、香甜的卤汁。

细心的师傅会将这份烫干丝置于洁白的瓷具之中，送给客人品尝之前，配上几丝红椒、几丝绿蒜，和之前嫩黄的生姜丝，乳白的干丝，酱红的卤汁，构成五色，与烫干丝所蕴藏的咸、甜、鲜、香、辣五味相呼应。

如此一盘烫干丝送到你面前，你说，能忍心拒绝吗？

# 水面·馄饨·水饺

水面、馄饨和水饺，皆为三种面食。以水面历史最为悠久。馄饨和水饺，是后来从水面演变而来，而这两者当中，又以馄饨变化多端。

“冬至馄饨夏至面”，这一习俗，几乎遍及华夏。冬至这一天，白天最短，黑夜最长。过冬至，则白天渐长，黑夜渐短。民间有大冬大似年之说，意为冬至这一天，在全年的位置仅次于春节。清代一位叫潘荣陛的北京人，在他的一部记述北京风物志的专著《帝京岁时纪胜》中这样说：“预日为冬夜，祀祖羹饭之外，以细肉馅包角儿奉献。谚所谓‘冬至馄饨夏至面’之遗意也。”冬至这一天，有贺冬、祭祀、迎神、辟邪等礼仪。

而夏至这一天，白天最长，黑夜最短。过了这一天，白天渐短，黑夜渐长。《帝京岁时纪胜》中亦有记载：“是日，家家俱食冷淘面，即俗说过水面是也。”时至今日，盛夏时节，我们还是会在面馆里，抑或在家中自己动手，吃上一碗凉拌面。

这面，往往连着一词，“长寿”。给家中长辈、亲朋好友祝寿，一定会吃一碗长寿面。为何称长寿面哉？有两解：一曰，源于“人中”之说。古人认为，人之寿命长短，与“人中”长短有关，由面相之“面”，引申至食物也；二曰，源于外形。面条瘦长之外形，与人言“长寿”谐音，遂由“长瘦”而至“长寿”也。我现在工作的城市，有一习俗颇好，祝寿之日，所有宾朋均要为寿星“添寿”，从自己的面碗中，挑出一根最长者，奉献给寿星。若所奉面条不够长，则显得诚意不够。有意思。尽管我的老家没有这样的习俗，然，我倒是坚持将这一习俗引入我们“四世同堂”的大家庭中矣。添寿，小小举动，易行，让人心生温暖，何乐而不为？

面条，虽为一小小面食，其蕴含之丰富，变化之无穷，真令人叹为观止。我所写“水面”，乃民间习惯说法也，也是道出了面条之来路。我们通常所说的面条，皆由面粉和水加工而成，故有水面之说。水面，晾晒干制，可成挂面，我们那一带称“筒儿面”，长尺余，干制用纸包卷而成，与现在流行的各种方便面相比，极简便。

面条，其加工之法不同，形成种类亦不相同。与之相适应的烹制方式，亦有不同。在我仅有的印象里，几乎每到一地，都有一款属于当地的特色面点。和好的面粉，或压、擀、抻，或搓、拉、捏，之后制作成形，或窄或宽，或扁或圆，或长条或片状，最后经煮、炒、烩、炸而成的一种面食。花式品种甚是繁多，叫人眼花缭乱，有点儿刘姥姥进了大观园的感觉，不知如何选择。譬如，山西的刀削面、北京的炸酱面、兰州拉面、东北的冷面、上海的阳春面、广东的云吞面、四川的担担面、扬州炒面、岐山臊子面，凡此等等，不一而足。

我对山西的刀削面和兰州拉面印象不错，看看它们的制作加工过程，就挺新奇。你看，做刀削面的师傅，捧着个大大的面团子，手执刀片，快速削取，面叶似落叶般纷纷落入沸锅之中，如若师傅炫技，则手中速度加倍，此时的面叶更似落网的鱼儿，接连不断跃入汤中。与削面的快疾有所不同，兰州拉面，则讲究抻拉的过程展示，原本极普通的面团，在面点师傅手里，双手一拉，一晃，便抻开了。之后，从中折叠，再抻拉，长度几乎等同手臂矣。此时，技艺欠缺者，往往会取谨慎态度，小心拉抻，面条宽细适度时便可入锅。有一种花式拉面，表演者边拉抻面团，边行走于食客中间，以便人们观赏。在夸张的身体翻转之中，面条渐渐延展，长如绳索一般，足够师傅跨跳过来。这哪里是在制作面条，分明是表演杂技也。

当然，这兰州拉面“中华第一面”的美誉，也不是虚妄的。其“汤镜者清，肉烂者香，面细者精”的独特风味，的确令人垂涎。这里的肉，当然指牛肉。所以，人们讲兰州拉面，讲全了应为兰州牛肉拉面。其配料多有熟牛肉、牛油、芫荽、蒜苗、白萝卜、红辣椒，要注意的是，面汤应为之前炖牛肉的清汤。如此，又呈现“一清”：汤清；“二白”：白萝卜片；“三红”：红辣椒或辣椒油；“四绿”：芫荽、蒜苗绿；“五黄”：拉面黄亮原色。

山西刀削面，其面叶，中厚边薄，棱锋分明，形似柳叶；烹制成面之后，入口外滑内筋，软而不黏，越嚼越香。这刀削面的“浇头”，我知道的就有番茄酱、肉炸酱、卤鸡蛋、羊肉清汤等，配上应景时蔬，如黄瓜丝、韭菜末、青蒜末、绿豆芽之类，再滴上点儿山西老陈醋，别有一番风味。

我起初对久负盛名的北京炸酱面，印象不太好。有几年，我在媒体工作，和央视多次合作，跑北京频繁，经常和同事以北京炸酱面打发一天之饮食。这一面点的独到之处，是最后一道工序在食客手中完成。且这最后的工序，直接决定炸酱面的口感。没有老北京的生活体验，吃北京炸酱面，浇卤这一关总过不了。既浪费了店里原料，又破坏了我的味蕾。几经反复，终于掌握分寸，北京炸酱面淳厚的酱香味出来也。真是委屈了这道北京著名面点，实在是我的问题。

常言说，一方水土养一方人。我们这一带，喜欢的大多还是“阳春面”。这阳春面，有红汤和白汤之分。至今记得老家县城里的“品香二两面”，那是白汤汁的阳春面。现时面馆卖面论碗，而早先都是按分量定价的。一两是一两的价格，二两是二两的价格。你要三两也行，加价即可。这“品香”店下面的小师傅，手艺着实精到。灶台上一二十只碗排着，他看碗抓面，入锅前称试，不多不少，每碗二两。面条下锅之后，师傅会给每只碗装入荤油、味精、细盐、小胡椒、蒜花儿之类适量作料；面条起锅前片刻，再兑入乳白的骨头汤，至小半碗，然后，让面条养汤而入。

这阳春面，讲究的是面条的筋骨。煮面时间长短、炉火大小，均要掌控好。否则，非硬即烂，达不到阳春面应有的品质。“品香”店的师傅，用滚水下面，片刻，即用两根尺把长的“面筷”在锅里划动，面条不致结成团儿；划动几个来回后，便兑入冷开水，让面条稍养片刻后，即开始装碗，但见小师傅一手持“面笊”，一手挥动“面筷”，往“面笊”里划进两三下，再往外划两三下之后，甩一甩“面笊”，不让面汤滴进碗里（如此味则纯矣），再轻捷地将面装进碗中，此刻面条似梳理过的，齐刷刷的，清爽得很。全套过程的动作，干净、利索。青青的蒜花儿漾于乳白的骨头汤之上，很是悦目。尝一尝汤汁，其鲜美自不必说。最是那阳春面，挺而不硬，软而不烂，正到火候。

在我们那里也有面和馄饨一起下的，谓之“饺面”，其实跟现在的饺子无关。之所以叫“饺面”，大概沿用了古老称呼。在很久以前，馄饨和饺子是不分的。古人认为馄饨没有七窍，称之为“浑沌”，改成现在的字样，是后来的事情。馄饨，又有“云吞”“抄手”等诸多别称。就云吞和抄手而言，前者从音出，后者从形出。

与馄饨这一路发展下来热闹非凡的阵势相比，水饺的境况似乎略显冷静。这也难怪，当初它被医圣张仲景发明出来唤作“饺耳”时，是用来治疗冻烂之耳的一味药物，跟一开始就流入民间广为传播的一道美食比起来，当然会不一样。说起来，馄饨和水饺都为面皮包裹肉馅之类，然，馄饨皮儿薄，包起馅儿来，易变化，且最后呈现的姿态，以柔取胜，似一风情万种的少妇；而水饺皮要厚得多，包馅儿不能随意，只能捏边，最后呈扁平状，因而有地方又叫“扁食”。其模样，较馄饨要呆板得多，有点“呆二小”的味道，咬一口，实实在在。不似馄饨那么滑溜、绵软。

馄饨这样的口感，似乎更适宜像梁实秋先生这样的文人雅士。他在《雅舍谈吃》中写到了“煎馄饨”，蛮少见。其叙述如下：

> 我最激赏的是致美斋的煎馄饨，每个馄饨都包得非常俏式，薄薄的皮子挺拔舒翘，像是天主教修女的白布帽子。入油锅慢火生炸，炸黄之后再上小型蒸屉猛蒸片刻，立即带屉上桌。馄饨皮软而微韧，有异趣。

# 豆腐干·豆腐皮儿

这豆腐干和豆腐皮儿，均为豆腐制作过程中的副产。

豆腐干，从其名便可知，乃豆腐压榨脱水所得。豆浆点卤之后，装箱，用长木杠，人工压制，榨出其中的水分。这压榨度的把握，可以分别制成豆腐、豆腐干和百叶。现在有专业设备压榨，控制更方便。制豆腐，将豆浆点卤后的絮状物，舀进箱体进行适度压榨，使豆腐中含一定量的水，如此，可保持豆腐鲜嫩品质。制豆腐干，则在箱体中加垫粗布，与絮状物一层夹一层，累积至箱满，复盖加力压榨脱水，使食体凝结固化，“干”形尽现。而百叶的压榨，则是粗布夹层中絮状物，仅添加薄薄一层，加力脱水，亦成纸页之形。而豆腐皮儿就不一样了，它是置于豆腐、豆腐干和百叶之前的优先产品。豆腐皮儿，直接从浆锅中挑出，当然无须压榨。明代李时珍《本草纲目》云：

豆腐之法，始于汉淮南王刘安。凡黑豆、黄豆及白豆、泥豆、豌豆、绿豆之类皆可为之。造法：水浸碎，滤去滓，煎成，以盐卤汁或山矾汁或酸浆醋淀，就釜收之。又有入缸内，以石膏末收者。大抵得苦、咸、酸、辛之物，皆可收敛尔。其面上凝结者，揭取晾干，名豆腐皮。

豆腐干和豆腐皮儿，虽同出一宗，但豆腐皮儿产于豆浆点卤之前，而豆腐、豆腐干和百叶则产于豆浆点卤之后。这一前一后，让豆腐皮儿的质感、品位，较豆腐、豆腐干和百叶自然更胜一筹。这也就决定了它们在食品制作路上的不同走向，不同定位。不由得让我想起，龙生九子，命运却各不相同。在豆腐王国，同样得到体现。

正如人们所熟知的，豆腐干离开压榨箱之后，便走上了街头巷口。每当夕阳西下，无论是蹲机关的机关干部，还是拼体力劳作一天的装卸工，均下班矣。原本就拥挤的马路、巷道，越发拥挤起来。早先尚无“塞车”之说，那时汽车还是稀有之交通工具，人们多以自行车代步，现在则不一样了，满眼的车，街道上，马路边，小区内，一辆挨着一辆，真的到了车满为患的地步。因此上，“塞车”，不再是北上广这样一线城市的专利矣，我们老家小县城，一样“塞”。县城人又区别于北上广，平时自由度高惯了，一旦“塞车”，他们会加“塞”，于是，“塞”它个水泄不通，一动不动，直至交通瘫痪。这让人怀念起早先自行车绿色出行的年代。

那时的傍晚，人们下班也行色匆匆，那是赶路，有时是为赶到某个小吃店买上一两样地方小食，晚上好美滋滋地喝上几盅。晚了，想要的下酒菜，就有可能脱货。做这样小买卖的，也懂得“饥饿营销”，每天只会紧缺，不会滞销。这里的“扳”，当地方言，喝酒的一种动作，举杯而至仰头，酒入口中，这样的过程叫“扳”。此时的巷道口、马路旁，做晚市的多起来，卖熏烧，卖烂芽豆，卖花生米，也有卖豆腐干的。

卖豆腐干，一只炭炉子，一只锅，一个箩或盆，一张小杌子。锅自然安在炉上，配了半锅汤汁或油料。锅上有个铁架子，煮、炸好的豆腐干，置于铁架上，爽、凉、卖。箩或盆则用来装白豆腐干坯子。小杌子，供卖豆腐干的人自己坐。

这种买卖，无须吆喝。豆腐干特有的香味，飘散开来，诱得人主动上前问价、购买。卖豆腐干，边炸、煮，边卖出，趁热。食客多半买了就走，现场无须提供食用桌椅。即使有人买了现吃，也是边走边吞食，顾不上吃相雅不雅也。豆腐干本就走的底层一路，适合的人群，是鲁迅先生笔下的“短衣帮”而非“穿长衫”者。

豆腐干，有油炸的，也有汤煮的。

油炸豆腐干，脆，且香。只是在油锅里时辰要掌控好，适宜为佳。豆腐干在油锅内炸的时间过长，则老了，焦了；过短，则不透，还是一块软干子。这豆腐干炸老了，甚至焦了，味就变了，咀嚼起来似有渣滓，再加上一股焦苦之味，难以下咽。不透，则豆腐干味道不入骨，该进去的味道没有进得去，该出来的味道没有出得来。这样的豆腐干，吃起来“王观”味。前面已经向读者诸君介绍过，这豆腐干，黄豆磨成豆浆制成。乡里人称黄豆为“王豆”。“王观”味，便是黄豆磨成豆浆所特有的味道，似腥非腥，不太好闻。如此，豆腐干的口味便差了。

城里人颇讲究，饮食得卫生。油炸豆腐干的好处，一目了然，看上去很是干净。又经油炸了，城里人很放心。其实，如果油的关把持不好，油炸食品很容易出问题，不只是豆腐干。前几年，“地沟油”事件闹得不是挺凶的吗！

汤煮的比油炸的有味。汤煮豆腐干，又配了黄豆芽之类提鲜食材，食用时浇上点水大椒，辣辣的，香香的，味道鲜得很。如若再另外加入陈苋菜馏汤，老远便能闻到一股异味，虽不怎么好闻，然唯这汤入得豆腐干，吃起来才有异香，下酒下饭。正是乡民们常挂在嘴边的那句“生臭熟香”，说的就是这样的吃食。由此，煮豆腐干，派生出另外一个支脉：煮臭干。

煮臭干，尤为进城打工的、在工程队上做手艺的，还有就是蹬三轮的、拉板车的这类人群所喜欢。在我的印象里，临晚时分，那些城郊结合部的工棚里，三五成群的农民工，劳作了一天，扳上“二两五”（小瓶装酒），解解乏，晚上喝点酒好睡觉，免得惹是生非。这时的下酒菜，便是熏烧、烂芽豆、煮臭干。

想不到的是，煮臭干，不仅这群“短衣帮”喜欢，城里在机关上班的“长衫先生”也喜欢。这苋菜馉，本身倒无甚特别，一“陈”之后，其汤竟生出如此妙处来，真奇啦。

对于普通居民而言，晚市上有卖豆腐干之类，家中便当了许多。偶或有不速之客登门，天色已晚，菜市场早没了人影，有钱也买不到东西，现做难矣。无妨，上得巷头，寻得自家的老卖主，买上几样下酒菜，花钱有限，便可待客。这当中，煮臭干，少不得。

豆腐干，寻常人家的常客。

与豆腐干走向不同的，豆腐皮儿极少进地摊。多在菜市场、超市里销售。这两者至此差别就显现出来了，豆腐干变成了风味小吃。豆腐皮儿，成了进菜市场、进超市销售的食品。

不知豆腐习性者，对豆腐皮儿从何而来，有些百思不得其解。心想，豆腐嫩嫩的，用手去拿时就需技巧，得养水托起。稍不注意整块豆腐便会弄碎。要说如此细嫩的东西，尚有什么“皮儿”，怎么可能？

然而我们当地人，都会说有豆腐皮儿。眼见为实，不妨到菜市场、超市逛一逛。清晨的菜市场，夜晚的超市，均熙熙攘攘，热闹着呢。砌好的摊位，一排一排按类而分，家禽，肉类，水产，蛋品，蔬菜，等等，各在相应区域，同类相聚，明码标价，货主就得比货、比服务，生意才做得开。否则，同一品种，卖的摊位多着呢，哪个也不会在一棵树上吊死。

说那蔬菜、瓜果吧，红红的番茄，青青的黄瓜，白白的萝卜，绿绿的菜椒，紫紫的茄子，一行一行的，一眼过去，几十家呢。还有那水产类，长长的黄鳝，扁扁的鳊鱼，短短的泥鳅，圆圆的甲鱼，白的鲢鱼，红的鲤鱼，花的鳜鱼，乌的黑鱼，凡此等等，皆养在水池，活蹦乱跳，听凭人挑选。这当中，稍一留心，自然会发觉卖豆腐皮儿的不在少数。不一定是统一的器皿，然豆腐皮儿一律薄薄的，干干的，脆脆的，有散称的，有一扎一扎选定好的，拿一扎，付一扎的钱，拿了就走，颇省事的。

豆腐皮儿，前面已经有所介绍。实在说来，它并不是豆腐的皮儿。黄豆制成豆腐之后，“皮儿”就无从谈起矣。读者诸君已经知道，豆腐皮儿，是豆浆点卤前的产物。豆腐皮儿，纯粹一锅浆的油汁，以每锅仅挑一张为宜。如若多挑，其“皮儿”就薄得上不了竹筷，且剩下的浆，再想点卤做豆腐，那就没有多少人肯买了。在行的自然晓得，挑过“皮儿”之后，制成的豆腐，做菜的味儿差多了。“皮儿”挑得过多，其所做豆腐便泛“渣”矣。

如此，豆腐皮儿在市场上贵起来，紧张起来，也就无须多说了。

豆腐皮儿出身门第本来就不低，加之厨师之手，或用鸡汤单烧，素而不寡，其鲜无比；或切成细丝制成凉拌菜，清凉爽口，别有风味；或用以包裹各式馅儿，红烧，油炸，皆有其独到口味。

多少年过去了，我至今还记得那年在外地读书回家过春节，母亲做的一碗青菜头白烧豆腐皮儿。那碗青菜头白烧豆腐皮儿，青青白白，赏心悦目，豆腐皮儿和青菜头，都味鲜无比，让我不能停箸。

那馋相，让母亲好开心哦。

# 苋菜馉

“生臭熟香”一词，似乎天生就是为苋菜馉准备的。只要是对苋菜馉这一特别的食材有认知的，几乎会脱口而出“生臭熟香”。如若有人提及“生臭熟香”一词时，味蕾所调动的记忆，滋生出来的，便是咀嚼苋菜馉的美好。这样的搭配，又可生出另外一词——“相得益彰”。所有这一切，都是现时的孩子，很难体会和理解的。

家乡一带的苋菜，有红苋菜和白苋菜两种。红苋菜，不是通常的红，其叶，其茎，均呈紫红。食用红苋菜做成的菜也好，汤也好，那种鲜、艳，极其醒目，如若你有幸食得一碗白米饭，那碗里的饭米粒儿，顿时鲜红起来。没有条件盛一碗白米饭也不要紧，盛饭碗具选用白瓷的，那汤汁挂壁定然一样鲜、艳。如今喝红酒者日众，很多讲究“挂壁”，是另外一回事。不多赘述。

白苋菜，其实也不是名副其实的“白”，只是较红苋菜而言，可称得上无色，故以“白”冠其名。白苋菜，其叶和茎通常为青绿色，嫩的白苋菜，和红苋菜一样，可以掐取其叶，断取其茎，入菜。常见的有苋菜豆瓣汤、青蚕豆烧苋菜之类，家常菜罢了，没有什么特别的。苋菜也好，蚕豆也罢，本身并不具备调味功效，做出的菜，是否鲜味，仅靠原有食材是不够的。这类家常菜，调味几乎无一例外选择外加。只要翻过《红楼梦》都会对一道“茄鲞”赞不绝口。原著中，曹雪芹借王熙凤之口，这样介绍的——

这也不难。你把才下来的茄子把皮签了，只要净肉，切成碎钉子，用鸡油炸了，再用鸡脯子肉并香菌，新笋，蘑菇，五香腐干，各色干果子，俱切成丁子，用鸡汤煨干，将香油一收，外加糟油一拌，盛在瓷罐子里封严，要吃时拿出来，用炒的鸡瓜一拌就是。

寻常人家自然不比贾府。然而，就是现在说到的苋菜，作同样处理，无论是烧汤，还是做菜，在我的印象里，都是红苋菜更味鲜可口。这当中，那鲜且艳的红色，给味蕾的刺激看来是不小的。难怪人们对菜品，讲究色、香、味、形，有道理。

这红苋菜和白苋菜相较，似乎红苋菜轻易占了上风。然，我们将它俩的生长期放长一点，让它俩长出粗壮的茎秆之后，便可成为制作苋菜馉的食材。这时，白苋菜会因为其茎秆粗，肉质多且嫩，而实现逆转。

腌制苋菜馉时，须弃叶，取其茎秆，切段，来完成腌制前的原材料准备。这一红一白，两种苋菜，其茎秆，红者细，少肉多筋；白者粗，肉多且嫩。如此，乡民们腌制苋菜馉，多选择白苋菜茎秆，而不是红苋菜茎秆。当然，红苋菜茎杆也不是不能腌苋菜馉，在我的印象里，是一样腌的。只不过，平时选择时，多取红苋菜做菜，不让其生长太老。而白苋菜，则有意多让其生长，以便日后腌苋菜馉之需。

要想腌制出一款风味独特的，所谓“生臭熟香”的苋菜馉来，其中的奥妙在于要有“老卤”。这老卤，便是陈年苋菜馉汁。只要是保管妥善，那卤汁，自然是愈陈愈好，愈陈味愈足，渗透力愈强。有这方面生活常识的都知道，老苋菜馉不好吃，在坛子里浸泡时间一长，便空掉了，咀嚼起来只有渣滓，没有肉，只能尝其味。然而这老苋菜馉的卤汁，就大不同矣。有如做面点之酵母，作用大了。新腌制的苋菜馉，炖熟之后，口味更醇，更香。吃饭，喝粥，苋菜馉都挺下饭的。嫩苋菜馉，可以整段儿咽到肚里去，不妨事。农家孩子颇喜欢。大人们则多半爱夹上几段老苋菜馉，堆到蓝花大海上，扒两口粯子饭，嚼一段苋菜馉，腮帮子一鼓一鼓的，越嚼越有滋味。再扒饭，再嚼。之后，吮其汁，吐出渣。那模样，比吃山珍海味都过瘾。这场景，我在长篇小说《香河》里有过较为详细的描写，读者诸君亦可参阅。

那"瓜菜代"的年月，农家饭桌上，常以青菜为主食，不少健壮的汉子，耐劳的农妇，均得了"青紫症"，对绿色食物产生了厌恶感，怕吃青菜，亦怕青菜腌成的"咸"。因而，饭桌上，一见那红叶、红茎的苋菜，自然有了胃口。此时餐桌上，多一份"生臭熟香"的苋菜馉，那必然会让乡民们胃口大开。事实上，这老陈卤腌制的苋菜馉，确能开胃，增进人的食欲。不过，现在的餐桌上，不见苋菜馉已有好多年矣。

后来发现，这苋菜馉，并没有完全消失。夜晚，你我生活的城市里，说不定哪条街巷不显眼的地方，就有个小摊位上，有人在卖油炸臭豆腐干子呢，远远的，那片街角，便弥漫在苋菜馉奇异的香味之中……那习惯了夜生活的夜猫子们，或塑料袋装，或竹签穿，男男女女，叽叽喳喳，边走边咬嚼臭干子，全然一副快活样儿，也不在乎吃相有多丑矣。这种直呼其名的臭干子，被这些"80后""90后""00后"，叼在嘴上，在城里畅销起来，倒是令我们这些年过半百之人颇感意外。

无论他们对用苋菜馉汁炸出的臭干子多么青睐，他们也很难理解父辈祖辈们对苋菜馉所怀有的那份情感。苋菜馉的"生臭熟香"，留在我们这一代以及我们上一代人脑海里的，实际上是一段岁月的记忆。

# 三腊菜

一九二九不出手；
三九四九冰上走；
五九六九沿河望柳；
七九河开，八九雁来；
九九加一九，
耕牛遍地走。

这首《九九歌》，在我们小的时候，那可谓是耳熟能详。尤其是到了“数九”时节，踩着河面上的冰冻，吟着这《九九歌》，蹦蹦跳跳奔向学校，至今历历在目。那时节，真冷。一步一脚地走，那还不冻死人噢。

我刚读小学一年级时，还是读的本村的“村小”（乡村年级不完全小学，叫村小。一般没有小学高年级课程）。从家里到学校，出门不远便是一条大河，在我的笔下，我叫它“香河”。夏天，香河是我们乡里孩子的水上乐园；冬天，却成了我们上学路上的“拦路虎”。为何？那时没有桥，冬天的香河上只有渡船，无人摆渡的那种。要过河，只有自己拉渡船两端的渡绳。入冬水冷，小伙伴们谁也不愿意一大早就去拉湿漉漉、冷冰冰的渡绳，反而盼望天更快地冷起来。又为何？进入“数九”天，香河便结冰矣。所以，“三九四九冰上走”，我们这些孩子是有发言权的。每天都走着呢!

这样的时节，乡村的景象是肃杀的。可是，就在我们经过的香河圩岸、堤埂之上，不经意间就会发现，有开着小黄花的麻菜，一簇簇，一片片，顶着寒风，顽强地生长着。那深绿的菜叶儿，金黄的小花，在一片枯萎中，特别显眼，给人些许亮色。

这野生麻菜，便是上好的三腊菜原料也。麻菜，属芥菜类蔬菜。李时珍在《本草纲目》中记载:“芥，性辛热而散，故能通肺开胃，利气豁痰。”这种麻菜多为野生，生命力颇为旺盛。在我们那里，是没有成片成片种植的。家乡田埂上，岸圩边，荒野外，时常有之。有着绿叶黄花的麻菜，风风火火地生长着，经风历雨，花开籽落，繁衍生息，绵延不绝，好不旺盛。麻菜的采撷，多在入冬以后。我们这些孩子放学之后，春天要出门挑猪草，冬天便到野外挑麻菜。和挑猪草不同，挑这种野麻菜，菜根千万不能丢弃，不能随意切断。得注意留着，有大作用呢。挑回来的麻菜，经大人的手，一棵一棵收拾停当，之后，扎成一串一串的，悬于房屋朝北的檐下，风干半月左右，便可进行三腊菜的加工。其程序如下。

首先，切碎。将风干的麻菜，切成细碎的半颗粒状。处理麻菜根时，不可采用“一刀切”之办法，断除其根。应区别对待，绝大多数麻菜根，只需略加切削即可留用。之后，用刀细切，碎且匀，方妥。“一刀切”和“切一刀”为不少地方当政者所推崇，看似简便易行，实则容易过于简单化，难以将事情处理到位。这麻菜根，挑的时候就关照过家里的孩子，此时一概剔除，可惜矣。

再则，火燠（方言，读音如“育”）。这是一道蒸干程序。半颗粒状的麻菜，放进普通铁锅之中，用文火，慢慢燠。何时出锅？这不能绝对依时间来定，主要是看麻菜的色泽。我们平常说的，半生不熟，此时，可用这一词儿来衡量。麻菜没完全熟，尚且半生，便可出锅。这火候把握尤为关键，直接影响以后三腊菜食用效果。注意，这麻菜千万不能全熟，全熟则颜色烂黄，麻味失尽。这时，可用手测试，以不烫手为宜。说明火候正好。

再次，配料。主要有萝卜干细丁、熟素油、细末花椒盐。这里的萝卜干细丁，是弥补麻菜根部被切除之不足，增加三腊菜食用时的口感，所谓“咯嘣脆”是也。将配料与麻菜进行均匀搅拌，等待下一道工序。

最后，装瓶。装瓶前，先散热，不至闷黄麻菜。闷黄的麻菜，也就变相增加了熟的程度，食用时“通泰感”便差矣。注意用来装的瓶儿不宜大，以扬州酱菜瓶为最佳。装瓶时，要压紧、密封，而不使其原味走散。其后两周，即可食用。

新近上市的三腊菜，呈青绿色，既鲜且嫩，可醒酒、解腻、通肺、开胃。食用时偶或有股辣气穿鼻而出，不觉眼中盈盈，口中咝咝（皆辣所至也），然胸中浊气顿释，备感舒爽、通泰。岂不妙哉？

据说，家乡大文豪施耐庵在著述《水浒传》时，曾深入民间采风，到达兴化安丰一带，就曾品尝过当地的三腊菜。没有考证过，不过施公的巨著中倒是弥漫着一股冲天豪气，这跟三腊菜的品性还真相像呢。在安丰还流传着一则民谣：

安丰有三怪：
豆腐当头菜，
红烧鱼不动筷，
家家有个三腊菜。

这安丰又是三腊菜的正宗原产地，想来施耐庵先生到这带采风，食用过三腊菜，应该是极有可能的。三腊菜，因多半在“三九”时加工，故谓之：“三腊菜”。袁枚在《随园食单》中，对芥菜的制作，介绍了四则，不妨与三腊菜的做法相参照。

### 香干菜

春芥心风干，取梗淡腌，晒干，加酒、加糖、加秋油，拌后再加蒸之，风干入瓶。

### 冬芥

冬芥名雪里蕻。一法：整腌，以淡为佳；一法：取心风干，斩碎，腌入瓶中，熟后杂鱼羹中，极鲜。或用醋煨，入锅中作辣菜亦可，煮鳗、煮鲫鱼最佳。

### 春芥

取芥心风干，斩碎，腌熟入瓶，号称“挪菜”。

### 芥头

芥根切片，入菜同腌，食之甚脆。或整腌晒干作脯，食之尤妙。

# 香肠·香肚

在我们老家一带的饮食搭配中，一提到香肠，几乎无一例外会跟着另外一种食品：变蛋。我们都是有这样的体验的，两片香肠夹一块变蛋，咬在嘴里，变蛋的软滑与香肠脆韧交融在一起，口中咀嚼的质感变得多重，不像单吃香肠，抑或单吃变蛋，口感单一。此外，香肠的香和变蛋的香，融合在一起，滋生出多重香味，醇厚饱满。这似乎诱人去思考和发现，食物中所不为人知的一切。

变蛋，也叫松花蛋。质量上乘的松花蛋，玲珑剔透，看得见蛋体中的松花图案，精妙得很。香肠，是用猪小肠，抑或猪大肠灌制而成。根据灌制肉馅的口味不同，分川式肠和广式肠，前者味辣，后者味甜。而我们这一带的香肠，既不是纯粹的辣，也不是纯粹的甜。在我的味觉里，是咸香肠。这种咸，不是纯粹的苦咸，是咸中带香、咸中起鲜，似乎比川式和广式更适合我们的味蕾。

早几年在我家，父母亲每年都要自己动手灌些香肠的。一来，过年时家里来亲戚时好用；二来，给我过了年离家时好带些走。虽说那时候条件艰苦，物资匮乏，但每年的春节，整个大家族，整个亲友圈，都是要“走亲戚”走一遍的。在我的印象里，家里请客总是要分几个批次的：门上同宗的长辈、平辈、晚辈，为一批；亲戚当中，父亲这方面，有姑父、姑姑，表兄妹们，又一批；母亲这方面，有外婆、舅舅舅妈、姨娘姨丈，当然也有表兄妹们，等等，再一批。总之，一支庞大的亲友团，尽量面面俱到。偶有疏漏，那就得打招呼。这客，可不是那么好请的。

父母亲总是要动煞脑筋，想办法弄出几盘几碟，几个炒菜，几道烧菜。这里的几盘几碟，是指凉菜，讲究的要十道凉菜，少一点也要八道。现在我笔下的，就有三道：切香肠、切变蛋、切香肚儿。在餐桌上，往往是变蛋紧靠着香肠，放在一起是为了方便亲友们搛夹。偶尔性急的小年轻，夹了片香肠就往嘴里放，桌子上的长辈便会关心地责怪，“细呆伙，夹上变蛋吵！”小年轻会嘿嘿地笑两声，很是为自己筷子动早了有些个难为情。

或许是我眷念父母的缘故，在我的记忆里，街上副食品商店卖的香肠，总不及父母亲动手灌的香肠更香醇入味。离开家到外地读书也好，毕业后在外地工作也好，每年父母亲都会准备一些家里灌制的香肠给我，年后慢慢吃。母亲总是说，上学读书嘴苦。在那时候，香肠算是美食矣。工作之后，母亲又会说，工作为重，忙不过来，锅上蒸几根香肠也好下饭。做父母的，心里总是装着自己的儿子。

其实，家里灌香肠，反而没有专业工厂复杂。为主的就几样：刮肠。猪小肠洗净后，先清理肠衣内的零碎物，通常用篾制刀具在肠衣上刮，使肠衣薄到一定程度，几近透明，如此灌出的香肠，蒸煮出来较肠衣厚的更香脆。刮后的肠衣，还需要用食盐反复搓捏，去腥味，方可晾干待用。剁馅。原料为猪肉，肥肉与精肉搭配要好，多为三七开，七分肥三分瘦。过肥或过瘦，做成的香肠口感都不理想，肥则腻瘦则干。有一点需要注意，猪肉剁碎时不可过细，过细香肠没咬劲，咬劲差味道也就差。配料。多为食盐、酱油、白糖、曲酒，再加葱蒜末、生姜米、五香粉之类调味食材。这前四种主料配比同样重要，直接影响香肠口味。灌制。和好配料的肉馅，稍做腌制便可灌入肠衣。灌肠时，挤压劲道要适当，填压密度也要适当。过松不成形，过紧会爆肠。这里有个小窍门，每灌一段用线扎一下，以保证肠衣内无明显漏空。晾晒。刚灌制的香肠，必须挂至通风处晾晒。不能暴晒，香肠要保有一定湿润度，不可干瘪；又不能闷着，应蒸发的水分都没蒸发，那香肠会变味，严重的会酸掉，再食不出香肠特有的鲜香矣。

同为灌制，香肠用的是猪小肠，而香肚用的则是猪尿脬。香肚，在南京人嘴里被称为“冰糖小肚”，一是因其形如苹果，娇小玲珑，故有“小肚”之称；二是因其选料好、腌制精，回味甜，有如加入冰糖一般。南京香肚，肉质紧结，红白相间，香甜可口。

其制作过程中，填料颇为讲究。猪肉须用猪后腿瘦肉，剔去皮、筋、骨，切成筷状细条肉，加上少量肥肉。通常为八分瘦肉，配两分肥肉。再配以细盐、白糖，以及花椒、八角、桂皮等调料，拌匀，腌制，之后便可灌肚。灌肚讲究边灌边揉边转，让肚内肉至紧密，用细线扎口。此时，再来一次回头看，检查一下香肚内是否有水分挤压出来，是否有不留意而形成的空隙。处理方法颇简，用竹签在肚坯上穿孔即可。灌制好的香肚，须经过日晒、风干、发酵等工序，方为成品。食用前，又须先浸泡，再煮沸，再停火焖，直至熟透。上餐桌之前，先去表皮，腰断成半圆，后切成薄片装盘。此时的香肚，瘦肉红，肥肉白，红白相间，很是诱人食欲。

据传南京彩霞街有家“周益兴火腿店”制作香肚颇负盛名。清人袁枚所著《随园食单》中就有这样的记载：“周益兴铺在彩霞街，八十多年，专制售小肚，闻名大江南北。”看来这袁才子的话，也要推敲推敲才是。这周益兴明明还做火腿，何来“专制售小肚”之说呢？不过其名气大，看来不会错。

在我们老家的圩南地区，人们又把香肚叫作“和尚头”，以外形命名也。这香肚，在未切开装盘之前，外形圆且滑，模样颇似出家僧人的头，再加之说是由一位法号慧褒的僧人首创，故而香肚被叫作“和尚头”，也在情理之中矣。

据说，唐王李世民为不忘当年救命之恩，下令在兴化圩南建了座“护国寺”，有位法号慧褒的年轻和尚出家到此。怕是太年轻的缘故，耐不住佛门戒荤之禁规，加之祖传厨师之功夫，便时常背着当家师弄一些好吃的：将猪肉与豆粉搅拌，配些高味作料，制成了“香肚”。虽说，众师兄尝后无不称道，无奈，当家师不能容忍。慧褒只得改行，在一家小镇上开小酒店，卖香肚，维持生计。其时，尚无“专利”之说，小和尚的妙法便渐渐传入民间。从此，我们那里民间便多出了一道凉菜：切香肚。

这圩南地区的香肚制作和南京香肚制作还是有些差异。圩南一带在原料上，除猪肉之外，增加了豆粉。其制作过程是，先将猪肉切成肉丁，然后放上生姜、葱、酱油、细盐、味精和红色素等食用作料，再加入适量豆粉，均匀搅拌，制成团状，塞进净洗之后的猪尿脬。最后外加一层纱布，入锅蒸煮至熟。晾上个把时辰，便可切成薄片，置盘中而作下酒之物矣。这里不难看出，圩南香肚是鲜制，而南京香肚则是风干发酵。因此，前者随时可以食用，而后者则需要等待两个多月，方可享用。

时代的发展，往往会突破人的思维局限。譬如香肚，这样一款120多年前的传统食品，现在竟焕发新枝，与比萨饼的制作工艺联姻嫁接，其中有一款“香肚菠萝比萨”，很是风靡。没有品尝过，没有发言权。真的不知道，这样的跨国嫁接，究竟有多少生命力呢？

# 架豇·丝瓜·扁豆

架（当地方言音 ga，取去声）豇、丝瓜和扁豆，三者都依附着其他植物生长。

这三种作物，严格说来，应属家庭作物。在我们那一带，大集体时代，集体是不让种这三种作物的。集体不种，乡民几乎家家户户都种，无一例外。说得过一点，哪怕是独居的单身汉，也会有自己的几棵茄子，几垅扁豆，几架架豇，几树丝瓜。茄子将在本文之外另述。

那时候，只要在季节上，架豇、丝瓜和扁豆，几乎每天都会和我们这些农家孩子见面。乡民们种植这三种作物，多半是不会拿出正正规规的农田的。通常有两种情况，一种是乡民自家的自留地或责任田头，有圩堤、田埂之处，总会生长几棵楝树、壳树、榆树、杨柳之类，此时，只需在这些树根下打塘子，用铁锹挖出脸盆大小的洼塘，破碎塘中土坷垃，之后便可在此落种抑或栽苗。乡民们农活忙得很，这类土生土长的作物，育苗的少，多半直接下种，适时浇浇水即可。

第二种情况，其操作程序与前一种完全一样，只是打塘子的地方变了，正所谓家前屋后是也。那个时候的农家，宅基地没有如今这么紧张，用地也不如现在规范。一个农户，至少也要有前院后作两块闲地。这前院，自然是正屋前面正正规规的院子；后作，是屋后面的“作场”，多为鸡窝、猪圈、茅坑、草堆之类。虽说地儿不算太大，但是这一前一后，前院内定会长上几棵树，品种和自家圩堤上的差不多。只是在家前屋后长，树要干净，不能惹虫子，尤其是有一种叫“洋辣子”的坏虫子。

这“洋辣子”，浑身碧绿的，颜色倒是不难看，但它身上的毛，可就厉害了，碰不得的。若是不留神，只要稍稍一碰，坏了，洋辣子毛刺进你皮肤里去了，立马给你颜色，肿胀成一块一块的硬肿块，又疼又痒，直往肉里钻。这种生“洋辣子”的树，院前当然不能长。如此，多长以楝树。这楝树，又叫苦楝树，整个树的干、枝、叶，都带一种苦涩的味道，相对生虫子要少些。为什么说相对呢，因为这虫子流动性大，本身树上不产，也可能从外树而来。在我的印象里，就是苦楝树，后来也有了一种小洋辣子。但总是比杨树、榆树害虫要少些。这个前提定下来之后，才可以在树下种植架豇、丝瓜和扁豆的种子或幼苗。一般围绕树四周打塘子，一棵树下打上两三塘，一塘内种上十来株苗儿。平常农家，一个前院有四五棵树，后面猪圈、鸡窝旁，屋后茅坑旁，又有四五棵树，都能打上塘子，那架豇、丝瓜和扁豆结起来，就“海”了(当地方言，非常多的意思)。一家五六口，怎么吃都吃不完的。

种植架豇、丝瓜和扁豆，多选择初夏时节。这架豇、丝瓜和扁豆，都是藤本植物，有了树的依附，藤儿怎样爬，都没问题，不用发愁。当然，就架豇而言，有时也会专门为其搭架子。那多半是在自家的拾边隙地，不利用也怪可惜的，那就种架豇吧！相比较而言，架豇的藤蔓爬得没有丝瓜、扁豆高，搭架尚可应对。这中间藤蔓爬得最高的是丝瓜。有时，丝瓜结在树枝顶上，用长竿子绑上镰刀也割不到。这时候，家中有上学的细猴子，那就简单了。再高的树，细猴子一蹿，就爬到枝杈上去了。此时，有大人在树下递上镰刀，想取下哪条丝瓜，便取哪条。

自搭架子的架豇，落种时就得考虑好架子怎么搭，不能像点黄豆、点豌豆那样散点。架豇虽说也是“点”，得上些规矩。有行有距，好搭架子。

给架豇搭架子，要等所种架豇种子出苗，长茎蔓，且茎蔓渐长，这时方可依其根部，插下小树棍子或是芦柴棒子。每株架豇根部都要插到，再用草绳之类，一棵一棵拴连起来，在架子上端连成一线，架子便固定成型矣。这架豇架子，多为两行架豇，同用一个架子。架子上端两两相对相交，呈稳定三角形。这种架子，经得住风刮，吃得住藤爬。有了架子，架豇的茎蔓自会盘着架子长，一圈一圈，盘得才好呢。

如前面所述，丝瓜藤蔓爬得最高，搭架子不能真正满足其攀爬的欲望。因而，乡民们便让其借树生长。长长的藤儿，攀树而上。树有多高，丝瓜藤便攀多高。丝瓜从藤上倒垂下来，丁丁挂挂的，错落有致。我们那里的丝瓜算不得长，以尺把长为常见。有一年，我到中国作协北戴河写作中心度假，在北戴河集发农业生态园，见过一种细细的、长长的丝瓜，那真够长的，几乎从棚顶垂到地面，有四米多长呢！

近得丝瓜，便闻有清香飘出。这清香，架豇、扁豆也有，只是以丝瓜为最。

扁豆爬藤的本领也不在架豇、丝瓜之下，完全可以和丝瓜“PK”。家前屋后的树杈间，有丁丁挂挂丝瓜结出之时，亦有嫩扁豆、嫩架豇结出。这三种家庭作物，丝瓜开黄花，以单株花为常见。架豇花与扁豆花相仿佛，有白色，有红色，有紫色，形状有点儿像小蝴蝶，皆成串。远远望去，绿叶丛中，一串串，似群蝶翩跹其间。架豇、扁豆的花形相差无几，结出的果实，却大相径庭。扁豆，顾名思义，因其果实扁而得名。架豇，较丝瓜更为细长，似乎过于苗条了一些，给人一副弱不禁风的样子，惹人爱怜。

因为架豇有专门的架子，所以从架子上摘架豇，较从树上摘丝瓜、扁豆，要更为容易一些。也有扁豆、丝瓜借家中院墙生长的，也比从树上摘取容易。

从树上摘架豇、丝瓜、扁豆，办法虽然多，但终不及一法简便，且收效快。那就是遣家中小孩子直接爬树摘取。家中的细猴子，平时爬树是要受到批评的，造成不良后果，那是要重重责罚。现在准许爬树，去摘丝瓜之类，美差一桩，自然乐滋滋的。“噌噌噌”，眨眼工夫，上了树顶。大人在下面喊，“摘这个”，“摘那个”。

处理新摘下的架豇、丝瓜、扁豆，并没有多少复杂工序。架豇、扁豆处理起来方法一样，撕筋，掐断。掐断架豇要比扁豆容易一些，徒手即可。掐扁豆则不那么方便，要有工具辅助。丝瓜去皮的办法颇为特别。先将丝瓜切成一段一段的，再用筷子戳进去，贴着皮划一圈，肉便出来了，圆圈似的瓜皮，留在了手中。

掐断，撕筋，之后的架豇、扁豆，可以一起烧菜，亦可和茄子之类配烧。这里需要说明一点，架豇、扁豆这样的蔬菜，味淡得很，最好荤烧。常见的，和猪肉块子红烧。到最后，架豇、扁豆与猪肉，可谓是各得其所。上得餐桌，情况大变。原本味淡的架豇、扁豆，大受欢迎，比那油渍渍的红烧肉还要引人食欲。

原来，这架豇、扁豆在烧煮过程中，吸收了大量猪肉中的油脂，食用之时，味香而厚，寡淡二字早无了踪影。就连那红烧肉，因油脂大量被架豇、扁豆所吸收，此时也变得香嫩而不肥腻。这道菜，虽然家常，细心者仍能品味出乡土菜品之妙。

在我的记忆里，架豇、扁豆也不仅仅是以味淡留于脑海。那时候，只要家里烧架豇扁豆，一碗盛上桌吃到后头，便眼巴巴地盯着，但等那碗中只剩下汤了，便马上抢过来，小心地倒了汤。这时，总能从碗中得到几勺子架豇米子、扁豆米子呢。架豇米子似微型腰子形状，扁豆米子，则形似心脏，模样都挺讨喜的。这两种豆米子吃在嘴里，粉粉的，口感很好。丝瓜米子多半躲藏瓜瓤里，是吃不出粉粉的感觉来的。

我们那里乡间，丝瓜多半是烧汤。打上几只鸡蛋，或放上馓子、油条，烧成馓子丝瓜汤，抑或油条丝瓜汤。丝瓜与鸡蛋爆炒亦很好。

小时候总弄不清，这丝瓜究竟“丝”在何处。老了，有丝瓜瓤子了，丝瓜之“丝”尽现，至此才算得上名副其实。

一庭春雨瓢儿菜；

满架秋风扁豆花。

转眼一个季节过去，飒飒秋风吹起，原本生机盎然的架豇藤、丝瓜藤、扁豆藤，皆渐枯渐萎，留在树杈上的架豇、丝瓜、扁豆，早干枯了。有少量的可留作下一年的种子，但多数没有太大用处的。倒是老丝瓜，从树上摘下，剔除干脆的外皮，丝瓜瓤子便完整现身了。这丝瓜瓤子用来洗涤餐具、擦背，均不错。丝瓜瓤子，直至今日，仍在我父母亲手里用着呢。

丝瓜，不如另一些瓜儿，愈老愈甜，愈老愈香。老了，便空了，空成一段瓤子了，仍旧不废。有点儿意思。

# 茄瓜·茄子

将茄瓜与茄子放在一起叙述，多少有点儿文人心理。这一种似乎孤单，两样放在一起，且名字中都带个“茄”字，感觉上蛮不错的。但我要事先声明，这两个“茄”字，仅仅字同，彼此之间没有什么必然联系。茄瓜，正正规规应称南瓜，属葫芦科。而茄子，属茄科。

我们那里，乡民们从不见有称南瓜的。抑或有在外地读过几年书，回得家中，见茄瓜，呼之南瓜，便会遭家人嘲笑：“茄瓜就茄瓜，什么南瓜北瓜的，真是。”这样的称呼纠缠，在茄子身上似乎不存在。正规叫法、民间叫法一致，都叫茄子。这样好，省去许多言语上不必要的麻烦。

我们那里人种茄瓜，多用圩堤、岸埂，或是自家拾边隙地，也有用自留地的。栽上几塘，够一家老小吃的，便行。茄子更是如此。乡民们多以种田为业，笃实、勤快者，居多。自家的划分到自家名下的拾边隙地，圩堤、岸埂，还有那分把自留地，总是侍弄得条条实实，品种花样齐全，够了一家人平日里的“老小咸”。我在本小辑中所写的这些家庭作物，差不多都是“老小咸”的范畴。

长茄瓜和茄子，均得先下种，育秧子。上一年留好的茄瓜种子和茄子种子，适时在预先翻晒好的苗床上落种，每天浇适量的水，促其破土发芽。这里，茄瓜落种与茄子落种完全不一样。茄瓜落种，有一个专有名词：“并”。这“并”字，有并排之意。茄瓜种子需一粒一粒并排着，整整齐齐地直立着插入苗床的碎土之中。也有“并”在自家院里，抑或破脸盆之类器具里。茄子落种则不必如此麻烦，将茄子种子直接播撒进苗床的碎土，不使种子外露即可。等到苗床上，所落种子发芽破土，有嫩绿的茄瓜秧子、茄子秧子，周周正正地生长出来，这茄瓜秧子、茄子秧子，便可移栽矣。

栽茄瓜，论塘，不论棵。茄瓜秧子不散栽，得事先在选定的圩堤、自留地上，打好塘子。塘子里下足基肥，之后，再移秧子。一塘，栽三四棵秧子。茄瓜迁藤，开花，打“蕾”，相间没多少时日。栽茄子，论棵，不论塘。一般人口少的，如前文所言单身汉之类，栽个四五棵，长成，便赶得上吃了。人多的，多栽些，头二十棵亦够矣。茄子前翻后起的，结起来，颇快。

茄瓜长到一定时候，再下地看时，便发现藤蔓上生出不少小茄瓜花朵儿了。乡民们晓得，这是茄瓜打“蕾”了。打“蕾”在茄瓜生长过程中属于关键环节，它决定着茄瓜收成的好坏。这“蕾”娇嫩得很，碰不得，碰了会夭折的。“蕾”一夭折，哪里还有什么瓜结呢？

这当儿，有件活儿颇有趣——套“蕾”。掐下茄瓜藤上的独违子花，撕了喇叭形的黄边子，花中长长的，满是花粉的享子便露了出来。将其套在“蕾”子上，便叫套“蕾”。上规矩的说法，跟人工授花粉差不多。

套了“蕾”，茄瓜朵子渐渐大起来，花枯萎而落，便有大茄瓜了。有长的，有扁圆的，有歪把子的，形态各异。从几斤一只到十几斤一只，一个个胖娃娃似的，藏在宽大的叶丛之中。我在写“丝瓜”时提到，在北戴河集发农业生态园看到四米多长的丝瓜，当然惊讶。那一次，还看到了300多斤的巨型南瓜，真的是大千世界无奇不有。一只原本极寻常的南瓜，竟长出如此“巨人”来，真的神奇。不过，网上有消息称，几年前瑞士一位名叫贝尼·迈耶的男子，培育出了重达2096磅的南瓜，约951公斤，看着网上那跟小汽车一般大小的南瓜照片，我无话可说。

我想，有一点是可以断定的，如此超级巨无霸肯定不能入口。还是让我回到自家的茄瓜地和长茄子、黄瓜、辣椒、韭菜等众多“老小咸”成员的农家菜地吧，望着瓜地里随处可见的茄瓜，望着浑身紫紫的茄子，心里头当然有收获的喜悦。

单纯从观感来说，这茄子未摘时，挂在茄秆上，叶儿紫紫的，秆儿、茎儿紫紫的，看上去挺顺眼。

什么时候想到要吃茄瓜、茄子，去摘便是。要炒茄瓜丝子，便摘个嫩些的。要纯煮茄瓜，便摘个老些的。嫩茄瓜切成丝子炒起来，嫩、鲜、甜。老茄瓜切成四方块单煮，瓜粉、汤甜。考究的人家，将茄瓜内瓤刮下，和上面粉之类，可做成香甜松软的茄瓜饼子。我们那时候，乡里孩子夏天傍晚的“晚茶”，通常是少不了茄瓜这一主角的。喝着甜津津的茄瓜汤，咬几口香软的茄瓜饼子，好不开心。心底觉得，这日子还是有盼头的。

说实在的，我们生活的时代早已不是唱“南瓜谣”的年代了。像我们这样年岁的，都记得大型音乐史诗《东方红》里有一首唱“毛委员”的歌，歌词中有这样的词句：

红米饭那个南瓜汤哟，咳啰咳，
挖野菜那个也当粮啰，咳啰咳，
毛委员和我们在一起啰，咳啰咳，
餐餐味道香味道香啰，咳啰咳……

这首从当地《井冈歌谣》演变过来的“红歌”，还是传递出了一种革命英雄主义和革命浪漫主义的情怀。这样比起来，我们似乎要为感叹那年月物质生活之匮乏而羞愧。我们的生活里，不仅有南瓜汤，还有紫茄子呢！

乡民们摘茄子，多半是大早出门，去给自家小菜地浇水时，顺便从自留地上摘上几个茄子之类带回家来，给孩子煮饭时蒸上。洗削茄子的活，一般小孩都会做。茄子滑溜溜的，好洗，不费神。去了小梗子之后，劈成十字形，一分为二，便可放在饭锅里蒸。

蒸是在饭干汤之后，不是与水、米一起下锅。蒸时，劈成两半的茄子得让切开的一面贴饭而蒸。用不了几把稻草，饭好了，茄子也蒸好了。开饭时，先用筷子将茄子夹起，置大碗或小瓷盆子里，配上油、盐、味精，再将茄子捣烂。上餐桌前，“扑”上几瓣蒜头子，一道菜便成了。其味鲜、口感爽，亦挺下饭。这种吃法自然天成、不事雕琢，纯粹乡间风味，倒也自有一种妙处。

乡间的吃法进不得城的，城里人吃茄子讲究多了，较常见的便是茄子嵌肉。洗削好的茄子，劈成五六瓣。劈时得注意，不要完完全全劈开，用刀不要一刀劈到头，一端得让它连着。这样，一只茄子虽开成五六瓣，捏住梗端尚是整的。

肉则要切碎，剁成肉泥，再配从葱花、姜末之类作料。之后，拌好嵌入茄子。用细线将嵌好的茄子稍稍扎一扎，再加工，或红烧或清蒸皆可。

上桌前去了细线，看到的是一只只完整的茄子。动了筷子，才晓得里边有名堂的。

这种吃法虽费点事，但味道颇好。肉中油分被茄子吸收，肉虽肥而不腻；茄子吸进肉油，虽清而不寡。

要说城里、乡下哪种吃法更好，难说。吃仅是“吃”吗？

虽在乡里生活了二十多年，家乡人称茄子多冠以“寡妇茄儿”之称呼，何故？

弄不清爽。

# 红豆·绿豆·黄豆

红、绿、黄三豆，皆以颜色命名，且同属一科：豆科。放在一起为文，不仅色彩丰富，而且也能发现三者之间细微之差异。当然，我也有点小私心，这样的题目，看起来蛮舒服的。不知读者诸君以为然否？闲言少叙，言归正传。

红豆、绿豆与黄豆相比，颗粒较小，绿豆尤甚。一提及红豆，多数人的脑子里便会涌出唐代诗人王维的那首《相思》——

红豆生南国，
春来发几枝，
愿君多采撷，
此物最相思。

王维的这四句，实在太有名了。时至今时，仍然被不断引用，作为情侣之间传递绵绵情思的纽带。不过，以红豆寄托相思之意，并不始于王维。更早的出处在晋代干宝的《搜神记》，文字不长，现录于此——

战国宋国韩凭夫妻殉情而死，两冢相望，宿昔之间，便有大梓木生于二冢之端，旬日而大盈抱，屈体相就，根交于下，枝错于上。又有鸳鸯雌雄各一，恒栖树上，晨夕不去，交颈悲鸣，音声感人。宋人哀之，遂号其木曰“相思树”。相思之名，起于此也。

说了这么多，我现在不得不略带遗憾地向读者诸君坦白，上述所引“相思”之红豆，并非本文所言之红豆。本文所言之红豆，乃“赤豆”是也。无论是色泽，还是颗粒大小及形状，老实说，赤豆，皆不及那“相思豆”。

在我老家，红豆、绿豆多借闲散隙地落种，以田埂、圩堤最为常见。这，似与黄豆不太相同。种黄豆，虽然也有种在田埂、圩堤上的，但亦有成片成片的，长在集体大田里的。

田埂、圩堤之上，红豆、绿豆枝叶甚茂，间有豆荚斜挂。其状，不像黄豆荚短而扁，看上去，细且长。待豆荚渐渐转黄，便是收获红豆、绿豆的时节了。连秸拔起，捆好。之后，挑至土场上或是庭院里去晒。旺旺的几个太阳晒过之后，便可用短木棒、木榔头之类去捶，豆荚便会开裂，有豆粒儿滚出来。红豆子朱红，绿豆子翠绿，很是悦目。

比较起来，黄豆实用性要强于红豆、绿豆。有一点需要交代一下，这黄豆，在我们那里城里和乡下，叫法各不相同。不像红豆、绿豆那样，城里乡间称谓统一明了。黄豆，结青豆荚时，城里人叫“毛豆”，乡里人则喊着“王豆”。老家的乡民，在自家田埂、隙地拔了黄豆，从桔秆上将青豆荚子摘下，装进箬子里，上街卖黄豆荚子。沿街叫起卖来：“王豆荚子卖啦……”想买上几斤的街上人，开了门，伸出头，扭着脖子问道：“毛豆几毛钱一斤？”

卖主自然会给个价，买主必定想压压价，双方讨价还价一阵之后，称去几斤的，有；一斤不称的，也有。

这“毛豆”之称，倒好解释。黄豆未剥壳之前，满壳尽是细细的毛，挺厚。至于“王豆”一说，则不大好说矣。左思右想，觉得这

“王”怕是“黄”读走了音所致。我们那里的乡民，接受正规教育者少，讲“官话”时，“王”“黄”不分，大有人在。如此，天长日久，习惯成自然。尽管人们都已晓得，平日里挂在嘴边上的“王豆”，不念“王豆”，应该读作“黄豆”的。然，仍无人纠正，说出嘴，依旧是“王豆”怎么样，“王豆”怎么样，而不叫“黄豆”，倒也怪呢。

青黄豆荚子刚上市，街上人颇喜欢。剥个碗把黄豆米子，或纯烧，或烧豆腐，均是时鲜小菜，颇下饭。那黄豆荚子，剥出豆米子，以带了豆衣胞的，为最佳。煮起来，鲜嫩无比。一老，便没得鲜味。

不过，这黄豆荚子，还数乡里人有种吃法，很是诱人。要吃黄豆荚子了，随时到田头，拔了，摘下豆荚子，稍事修剪，不必剥成豆米子，连着壳子用清水洗汰干净，之后，倒入锅中，加适量食盐，清煮。再也不必添加其他作料，煮熟即可享用。软软的黄豆荚，嘴唇一抿，豆米粒儿便从壳中挤出，细细咀嚼，颇嫩，颇鲜。这种吃法，纯粹天然，察其豆甚碧，观其汤甚清，品其味甚是鲜美。

等到城里人把黄豆叫着“黄豆”时，黄豆便老矣。

黄豆枯老之后，去壳，便见其圆溜溜、黄灿灿的模样，与“黄”，与“豆”均相宜。老黄豆，多为豆腐、百叶之原料。要做豆腐、百叶时，先在前一天晚上浸好黄豆，翌日大早起来给黄豆去壳，之后，上石磨子磨，磨成生豆浆之后，上浆锅烧，这当中颇难的一着是点卤。点了卤之后，便可上器具，做豆腐，或是百叶了。

若是在浆锅点卤前，从浆面上挑起一块“膜儿”，那便是豆制品中的上品了。那“膜儿”纯是豆油悬浮在浆面上。一锅浆只能挑个把两张，故而精贵得很。店里卖时，是按张数卖的。用“膜儿”烧白水鸡，烧精肉，均是可口佳肴。

在乡间，豆腐店较普遍，说是豆腐店，实际豆腐、百叶均做。平日里，来人到客，都会到村上豆腐店拾上十来帮豆腐，称上头二斤百叶，再打斤把猪肉，招待人就蛮不错了。

每年一进腊月，豆腐店便忙活起来。乡民们多半背了自家地里收的黄豆，让店主家代加工“作”把豆腐、百叶。

这“作”字，似与作坊有关。豆腐店在乡间亦是作坊，以“作”字为计量单位，由来已久。一作，做三五十斤豆子，能吃上一个正月的，给些加工费，颇合算的。我在长篇小说《香河三部曲》的第一部《香河》里，对柳安然家的豆腐店，对豆腐、百叶如何制作，对柳春雨和琴丫头这对恋人如何在香河上卖豆腐百叶的，均有详细的描写。读者诸君，不妨参阅。

与黄豆形成的“主打”地位稍有不同的是，红豆、绿豆在我们那里人们的生活中，扮演的是非主打角色，以红豆、绿豆为主要原料制作而成的食品，也多为消闲之物。如若有时间有机会到我的老家的县城逛一逛，你会发现：兴化街上副食商店卖的糯米年糕，二角钱一块，用小塑料袋装好了卖，常见的就是赤豆糕与绿豆糕两种。点心店卖包子，有肉的，也有豆沙的。把红豆子煮熟，再捣成豆泥，便可做成豆沙包子。寻常百姓家中，也有用豆沙包糖团的习惯。尤其是要过年了，家家蒸团、做糕，总要蒸上几笼赤豆团，用的便是豆沙馅。红豆、绿豆制成食品，松软香甜，家乡人颇喜爱。

红豆、绿豆还是消夏之佳品。夏日炎炎，知了在枝头一个劲儿叫，“热啊……”“热啊……”真的有如我国台湾校园歌曲里唱的那般，“知了在声声叫着夏天”。听凭你棒冰、冰砖地不住嘴，总难解浑身燥热。这种时节，我们那里的乡民，多半在上工前，煮好一大锅红豆粥，或绿豆粥，中午回来先喝上两碗，那香中带甜的滋味，暂且不说，单说那冰凉冰凉的口感，喝上几口，一直凉到心底，好不惬意。

在城里工作的人，则多用红豆、绿豆做成赤豆汤或是绿豆汤。下了班回家，能喝上一碗赤豆汤或是绿豆汤，则甚妙。那赤豆汤、绿豆汤，一样凉冰冰甜丝丝，很是解渴。考究的人家，则做成赤豆元宵汤之类，这可是夏夜纳凉时的上好食品。这当中，元宵的制作有巧可取：无须一只一只用手做，圆子粉调和之后，便可动刀来切，先呈条状，再拦腰断成粒状，放置筛中，筛几筛，便成圆圆的元宵了，颇省时省事。煮好的赤豆元宵汤停过些时辰，纳凉时吃上一碗，凉爽宜人，既败火，又充饥，定心稳神，去暑解乏，妙不可言。这些，都是早先人们家里没有冰箱，抑或冰箱尚未普及时的做法。等到无论城里还是乡下，家家户户日常生活中都用上了冰箱这样的电器，要制作一款冷饮，或凉食，容易多了。然，在我看来，由冰箱制作出来的凉食，总觉得不是原先那种味道，似乎少了些什么。究竟少了些什么呢？我也说不上来。

黄豆，进得城里人的早餐桌，那是将黄豆进行“转化”之后。前几年，中央电视台有一档很火的节目《舌尖上的中国》，其中有一集专门讲了食物之转化。这黄豆成为豆腐、百叶，也是一种转化，由物到食的转化。在我们那里的县城，城里人将这种转化放在了自家的早餐桌上：自制豆浆。前一天晚上，将需要上磨子的黄豆在小盆里浸泡好，翌日清晨起来，先给黄豆去壳，之后再汰洗干净，一小把一小把地把浸泡到位的黄豆，往小石磨的磨眼里装，边装黄豆，边转动小石磨上面磨盘把手，一圈，一圈，再来一圈，有乳白而黏稠的汁液从磨盘间流出，那便是新鲜的豆浆也。霎时，一股豆香便在房屋内弥漫开来。有刚起床的孩子，嗅到这香味，便欢呼雀跃起来，“爸爸磨豆浆啰！”自己动手磨豆浆，多是男人所为。如此得来的豆浆，与摊儿上卖的比起来，味醇，新鲜，实惠。当然不会像摊儿上卖的豆浆，越卖越稀，还有股水腥气。这刻儿，再从邻近的烧饼店，买上几根油条，几只烧饼，一家人喝着自家石磨上磨出的原味豆浆，吃着香脆的油条、香酥的烧饼，那个美，真的是美滋滋的。你会觉得，这美好的一天，便是从一碗自制豆浆开始的。

读梁实秋先生的《雅舍谈吃》，读到“豆汁儿”一节，原以为跟我们那里所说的豆浆是一回事，叫豆汁儿，不过是北京人喜欢“儿化韵”罢了。细看才发现，这“豆汁儿”跟“豆汁”还真不是一回事。梁先生说，“豆汁儿之妙，一在酸，酸中带馊腐的怪味。二在烫，只能吸溜吸溜地喝，不能大口猛灌。三在咸菜的辣，辣得舌尖发麻。越辣越喝，越喝越烫，最后是满头大汗”。他还提及，他小时候是脱光了脊梁喝豆汁儿的。

既然“豆汁儿”与“豆汁”不是一回事，那肯定就不是豆浆了。难怪梁先生感慨，“可见在什么地方吃什么东西，勉强不得”。是啊，毕竟梁先生说这番话时，已身处台湾，而不是北平。

# 山芋·芋头

山芋不只长在山上。

我老家一带，为苏北大平原，毫无山的影踪，山只能存在于我们的想象之中。与我同乡的小说家毕飞宇，曾写过一部名叫《平原》的长篇小说，反响很好。没有山，并不影响我们栽植山芋。山芋的栽植，在我们那儿倒很普遍，最起码，每家每户，都有几分地的山芋田。

山芋，其名可谓五花八门，各地叫法大多不一样。其中有一种叫法，“金薯”，道出了山芋传入中国的经过。清人陈世元所著《金薯传习录》中，曾援引《采录闽侯合志》——

> 按番薯种出海外吕宋。明万历年间闽人陈振龙贸易其地，得藤苗及栽种之法入中国。值闽中旱饥。振龙子经纶白于巡抚金学曾令试为种时，大有收获，可充谷食之半。自是硗确之地遍行栽播。

还说：

> 以得自番国故曰番薯。以金公始种之，故又曰金薯。

相传番薯最早由印第安人培育，后来传入菲律宾。传入菲律宾之后，一度被当地统治者视为珍品，严禁外传，违者要处以死刑。如今这般寻常之物，曾经那样的金贵，真是很难想象。所谓此一时，彼一时也。让我有些意外的是，陈振龙正是从菲律宾将山芋引入国内的两个中国商人之一。在当时，可是要冒着被处以死刑的巨大风险的。

陈世元在文中所提及的陈振龙，不是别人，乃其六世祖是也。乾隆二十年前后，这位陈世元，还曾在浙江宁波，以及山东青岛一带做山芋种植的推广工作。陈世元，便是我党红色经济专家陈云的父亲。据说，陈云年轻的时候，也曾跟随自己的父亲传种山芋。如此看来，这山芋得以进入我国并传种开来，实在有陈云祖上之功德也。

除了番薯、金薯的称谓，山芋还有着众多叫法。北京人叫白薯，河北人叫山药，河南、山西人称红薯，辽宁、山东人称为地瓜，江苏、上海和天津人称其为山芋，福建、广东和浙江人称为番薯，陕西、湖北、重庆、四川和贵州称其为红苕，江西人称为红薯、白薯、红心薯、粉薯之类，不一而足。即便是同一区域，不同地方的人，对山芋的称呼也不尽相同，譬如我的老家山芋就叫山芋，而同属江苏的徐州地区则称为白芋，隶属徐州的下属县——丰县附近又称为红芋。再如山东大部分地区虽称其为地瓜，但鲁南枣庄、济宁附近的当地人又习惯把它叫作“芋头”，而真正的芋头则被叫作“毛芋头”。我不是农作物方面的专家，实在无法将山芋的叫法理得一清二楚。

山芋的种植，在我们那儿多半以山芋苗插栽。山芋苗，多为购买所得，极少自家地里育苗的。购买山芋苗，需要进城。没人将山芋苗挑到乡间去卖的。其实，这山芋苗，需求市场在乡村，不在城里。就是没人到乡下做这样的生意，不知何故。

春末夏初，县城的街头巷尾，便有山芋苗卖了。卖山芋苗的，多半挑了箩筐，沿街叫卖，“山芋头儿，二角五一把啦！”乡里人，称山芋苗为山芋头儿，颇有道理。说是苗，其实无根，不过是从育种地，老藤上剪下的头儿罢了。山芋头儿，入土自会生根的。卖山芋头儿的，在城里沿街叫卖，不是给城里人听的。城里人住房似鸡笼一般，够紧的，哪有地长山芋呢。那叫卖，是给进城的乡里人听的。这种买卖，不论斤两，论把数。一百棵一把还是五十棵一把，卖主早数好，扎了稻草。买山芋苗的，一开口，便是要几千，多的上万，数目挺吓人，其实说的是棵数。多则几亩，少也有几分地呢，用得着。

长山芋的地，先得翻晒。之后，筑成土垄子，一垄一垄的，间距适宜为好。紧了，将来山芋藤爬不开；疏了，又费地。山芋头儿，便栽在土垄子上。有栽成一行的，也有栽成双行的。小垄子，便是一行栽在垄脊背上；大垄子，便是两行栽在垄两侧。

山芋苗颇泼，少用肥，多浇水。活棵后，藤长得特快，头儿很快会伸到别的垄子上去了。这时，便要翻藤了。把山芋藤拉向原先生长的相反方向，叫翻藤。据说，翻一回藤，能多结大山芋的。藤叶过密的垄子，还得打掉些叉藤和叶子，带回家中，猪是很欢迎的。但如果都喂猪，不免可惜了。山芋藤上生出一根一根的叶子，其叶掐去，留下尚嫩的叶柄，撕掉柄外面的皮，切短，配以青椒爆炒，便是一道家常小菜。清香又脆，蛮下饭的。

个把月时光，便要割藤，收获山芋矣。翻挖出的山芋，皮红肉白，形态万千，颇好看。也有皮色淡黄的。挖山芋，便吃山芋。刚挖出，山芋脆、嫩，亦有不少水分。既解渴，又充饥。山芋挺能长的，分把地，能挖好几百斤呢。家里自然吃不了，便备了船，到街上去卖。很便宜的，几分钱一斤。街上人，买得挺多，吃个新鲜。切了条子炒，切了块子煮，皆可。也有切成片子晒干的。乡里孩子，在家里收山芋时，多半选了些滑溜溜的，吊在房檐风口处，让风吹上一冬。天冷了，飘雪花了，再一个一个取下来，或生吃，或丢进灶膛里“炕”。生吃，那山芋，特甜。炕山芋，则香甜。山芋，给乡里孩子的冬季添进不少趣味。

城里也有炕山芋，那跟我们乡里的炕山芋不太一样。城里有人专门卖炕山芋，那是在做一种生意。入秋，就有了。做这种生意全部的家当，便是一只大炭炉子，特大。立在路旁。炉台上放山芋。卖炕山芋的，与做别的生意不同，从不吆喝。老远，便能闻到炕山芋的香味了，颇馋人的。

说完了山芋，再来说一说芋头。

儿时的记忆里，我之于芋头，是没什么好印象的。家乡人，多以芋头为副食。做菜，做饭，均可。做菜，常见的，是芋头烧青菜。味道极平常，不怎么下饭。然早先的日子，乡里人餐桌上要想有可口的菜，少见。那芋头，干干的，淡淡的，还得咽。做饭，则是芋头与**粯**子、米几合一，一起下锅，煮成芋头饭，也可以煮芋头粥。那年月，粮食紧缺是经常的事，指望吃上一餐白米饭，几乎是妄想。只能是板桥先生所言的“糙米饭”。

有一件往事，说来让我掉泪。我小的时候在外村读书时，外婆讲给我听的。差不多我出生的那年，也就是三年自然灾害的当口儿，我的外公和最小的舅舅，先后饥饿而死。当年外公万般为难地跑到自家一亲戚门上，想讨口米饭。外公知道亲戚家条件好，在当地当干部呢，有白米饭吃的。结果饿得头昏眼花、腿脚发软的外公，拄着拐杖到亲戚门上，并没能如愿。亲戚家用一碗照得进人脸的米饮汤，把外公打发掉了。在亲戚家待着没米饭吃，再怎么待也没意思，外公只好起身离开。离开不远的外公，想想心里不舒服，这亲戚可不是一般亲戚，是肉上生的肉，是自己的至亲啊！难不成亲戚家也粮食紧张到了煮不起白米饭？可别冤枉了亲戚。于是，折回蹲在亲戚家锅灶间窗户下等，看看是不是有什么动静。果然，亲戚家以为外公走远了，从锅灶间挂着的大箬子里，取出一大盆白米饭，放在锅里炒。就这，已经让外公眼馋了。外公哪里知道，亲戚还要在白米饭里倒上香喷喷的菜籽油，这不是要了外公的命吗？那香味，真是一把杀人的刀！终于，外公再也忍受不住，用尽浑身力气，撞开亲戚家紧闭的大门，冲了进去，破口大骂——

“你们这些个畜生!”

后来，亲戚万分尴尬地端给外公了一小碗油炒饭。愤怒的外公，一拐杖，油炒饭被打翻在地上。是啊，那飘散着油香、米香的油炒饭，外公又怎么可能咽得下呢？外公最终没能吃上亲戚家一口白米饭，回到家中不久便去世了。读者诸君不要以为我是在写小说，我手捂心口发誓，这是外婆告诉我的真事！好了，家事少叙，继续我笔下的芋头。

我们那一带所长的芋头，多为子棵芋。一只挺大的球茎块，便是母芋。每只母芋上，长有许多脑芽。母芋每生长分蘖一次，都会形成小的球茎块。第一分蘖形成的，叫子芋；从子芋身上再次分蘖形成的，叫孙芋。如若土壤、温湿条件适宜，还有可能继续分蘖，形成曾孙芋、玄孙芋。看起来，这芋头的亲情关系，比人要好得多。

做菜，做饭，以用芋头子儿为多。分蘖次数多了之后，母芋的可食性便差了许多。如若在生长过程中，经水多了，芋头的口感就会降格，不及香沙芋、荔浦芋之类来得“粉”，来得“糯”。有一阵子，电视剧《宰相刘罗锅》热播，把荔浦芋头也弄得热火朝天，跟着在各大饭店火起来。大概是受其启发，我老家的当政者，也曾请了毕飞宇等一批名家，专门为家乡芋头著文，在当地也还是产生了一定影响。

子棵芋，从地里挖出时，成棵成棵的。挖之前，先割去叶子。那叶子蓬蓬大大的，深绿的颜色，颇似荷叶，是上好的猪饲料。给成棵的芋头去土，掰芋头子儿，再把母芋（乡民们叫芋头根）置于朝阳的窗台上抑或墙脚下，让太阳晒。此时，母芋便可暂且不去管它，要晒一冬呢。那一只一只的母芋，外形，大小，差不多，一溜儿排着，样子蛮好玩。这景象，秋时的农家，多能见到。这里须注意，晒在窗台上的没什么问题，晒在墙脚下的，便要防猪子吃。农家的猪圈，猪跑出来觅食，常事。更何况，有些苗猪，就不怎么关猪圈的，要等散养一段之后，才令其蹲在圈内，不让出来。

头疼的是，给芋头子儿去皮。大人临下地，拾好小半篮子芋头子儿，说一声，刮好了，烧芋头青菜汤。只得从墙旮旯，或是窗台上，找出破碗片，一个子儿，一个子儿，刮。挺费事，费时。常常一个早上，就“卖”在上头了。什么老鹰抓小鸡呀，泡汤。这也罢了，头疼的是，芋头汁痒人。稍不注意，刮时，有一两滴汁蹦到手上，或是芋头皮沾到手上，便糟了。手立时会痒起来，越抓越痒，往肉里抠，奇痒无比，挺难受。万一有汁蹦进眼皮，更难受，揉不了几下，眼便通红通红的了。

不想刮芋头，投机取巧的事，我也曾干过。大人让刮芋头子儿，待人一走，便只管溜出去玩“老鹰抓小鸡”之类。时辰差不多了，回到家中，将芋头子儿，拎到河口，洗洗颠颠。干净了，和了青菜、粯子、米，一锅烧，煮成一锅“毛芋头青菜粥”。加些盐，烧得咸咸的。毛芋头，筷子一夹，稍一用力，白白的子儿，小鸡蛋似的，脱了皮。咬在嘴里，有滋有味，蛮鲜的。

因懒惰而烧出的“毛芋头青菜粥”，三合一，抑或四合一，皆别有风味。

现时，芋头竟贵了。家里烧菜，汪豆腐，少不了芋头丁子；萝卜芋头汤，少不了芋头条子。肉与芋头红烧，小孩子没命地抢芋头吃。若是在那时，不抢上几块大肥肉才怪呢。然而终不及“毛芋头青菜粥”来得浑然天成，滋味地道。

懒，还能懒出一道美食来，看来，懒也不全是不好的。

# 春　卷

春日春盘细生菜，
忽忆两京梅发时。
盘出高门行白玉，
菜传纤手送青丝。

这首杜甫的七律《立春》，描写的是诗人当年在长安、洛阳过立春时的那番开心热闹的情景。立春之日，食春饼、生菜，古已有之。这春饼、生菜，装入盘中，谓之“春盘”。而这春盘中的春饼，正是我们现在所说的，春卷。

宋代有一部多卷本《岁时风俗记》，为祖籍福建崇安的陈元靓所编撰。书中记载：

在春日，食春饼，生菜，号春盘。

而到了清代，春卷之名便已出现。在一部系统介绍扬州菜的食谱《调鼎集》中，就已经有了春卷的具体做法介绍：

干面皮加包火腿肉、鸡等物，或四季时菜心，油炸供客。又，咸肉腰、蒜花、黑枣、胡桃仁、洋糖共剁碎，卷春饼切段。单用去皮柿饼捣烂，加熟咸肉、肥条，摊春饼作小卷，切段。单用去皮柿饼切条作（做）卷亦可。

这里介绍的三种方式，与我们现在的春卷做法，应该说非常接近。《调鼎集》又名《童氏食规》，因而，一般认为其作者为扬州盐商童岳荐。

典籍对春卷的记载不免枯燥，民间对春卷由来的介绍，则要鲜活得多。有一则民间传说，略述与读者诸君分享。说，有个能干的小媳妇，为让自己老公安心求取功名，自己发明了一种食物：卷饼。这小媳妇刚开始，用麦粉摊饼送至老公案头，只是为老公用餐时，尚能攻读。时间一久，她发现饼容易冷，担心老公吃下去不舒服。于是，将麦饼下油锅煎炸，如此，比原先效果要好。但，老公读得用功投入时，这饼子还是会凉掉。于是，小媳妇将麦饼油炸之后，趁热包卷起来，这样热气不易散发矣。咬着爱妻精心煎制的卷饼，赶考书生更是用功，学问大进，最终金榜题名，如愿以偿。这则故事，流传在古代的莆田。

如此看来，这春卷，还是一款爱心美食呢。

春卷在我们那一带餐桌上出现，多半是在春节前后。它的确是应着春天的脚步而来，也为我们家乡县城平添一幅春天的风俗画。

和前面那位莆田小媳妇做法一样，我们那儿的春卷，其皮儿以干面粉为原料（麦粉）；其馅儿，多为嫩韭菜黄与精肉丝炒制而成，亦有素净一些，用鸡蛋皮儿的。当然，自家包制，完全可根据个人喜好、口味而定，想包什么馅儿，包什么馅儿。套一句流传颇广的说法，我的春卷，我做主。

在我的印象里，包春卷尚无机械操作，全靠手工。一张皮儿，夹上些馅儿，一面一面折叠成长短相宜，圆中略扁形状，封头时，手指醮些水，润一润春卷皮儿，再封头，便不易散了。

这道工序颇关键，封头不好，油炸时极易散的。一散，全无了春卷的种种妙处，便不能叫春卷了。油炸之后的春卷，齐整整地堆放盘中，色泽黄润，上得餐桌，卷香袭人，直诱得你味蕾活跃起来，赶紧动筷子趁热品尝。最是那咬上一口之后，嘴里烫得"咝咝"的，还是舍不得丢开，那份香脆，真的让你欲罢不能。伴随着"嘎吱嘎吱"的咀嚼声，一支香脆的春卷，直接将你俘虏矣。

餐桌上，春卷销路颇畅。这春卷不仅美味，而且实惠。招待客人时，不仅能让客人享其鲜美之味，且又能暂时填补一下客人腹中亏空。如此一来，客人们开怀畅饮时，便不易醉也。

家乡的春卷，总是和一幅永不褪色的画连在一起的。初春的雪，纷纷扬扬，飘飘洒洒，天白，地白，树白，房屋白。雪停太阳出，稍一留意，街道拐弯处，墙角避风处，便有扎了红头巾、身着小红袄的年轻女子在卖春卷皮儿。

这卖春卷皮儿，须现做现卖。待走近那红袄女子的操作现场，仔细看时，她卖春卷皮所需的家当，亦颇为简易。为主的是一只煤球炉子，生好了火。炉子上面便是锅片子，看得出，锅片子是热的。偶或有一两点面糊滴到上面，立马由潮色变干，翘起。这时，须及时清理，否则会焦在锅里，影响春卷皮的摊制。

摊春卷皮儿，面糊的调制很关键。所以，这红袄女子身边，还有面粉袋、水桶、脸盆儿之类食物和用具。脸盆儿不止一只，有空的，有实的。实的脸盆儿里头，多半是新近调拌好的面糊。春卷皮便是从面糊糊加工而来。

但见那红袄女子一手抓着面球（面糊掐出的一小部分），不停地在手中晃荡。看得出，面球弹力颇好，来回伸缩幅度颇大。见铁锅片热到一定程度，便将手中面球轻印在锅片上，动作快捷而娴熟。此时，那锅片上便有一块白斑，圆圆的，片刻工夫，渐干燥，翘皮，泛熟色，取下，一张春卷皮儿便成了。这里有个细节，摊春卷皮，怎么只用锅片，而不用完整的锅呢？主要涉及操作方便与否。整锅，其弧度较大，面球接触面不及锅片，因为锅片乃锅之局部，弧度要小一些，面球与其接触，比较紧，且实，所摊春卷皮不致残缺。春卷皮不成圆，是没人买的。包不成春卷的春卷皮，买回家有什么用呢？这些都是我早先的印象矣。现在几十年过去，摊春卷皮，有专用锅了。这样一来，人们都可以在家里自己摊春卷皮了。

现代化设备摊出的春卷皮，在我看来，终不及像红袄女子这样亲手摊出的春卷皮。薄如蝉翼，圆如凉月，不能不叫人叹服那女子的手艺。

包春卷，讲究的便是皮儿薄而不破。破则包不好，即使马马虎虎包了，也要散。皮厚，下锅则不易炸熟炸透，即使馅儿熟了，亦不会脆。所包春卷，味也差了许多。

这一切，全凭做春卷皮儿之人手上的功夫了。

难怪家乡做春卷皮儿的以年轻女子为多，想来女孩儿家心灵手巧，那纤嫩的小手要弄柔韧的面球定是相宜的。

亦难怪白雪纷飞的时节，常见红头巾如报春花一般绽开。然而这一切只能留在我的记忆里矣。

# 米饭饼·油条·黏炒饼

在我的印象里，米饭饼天生就是为油条准备的。在我们那一带的民间食点当中，似乎再也找不出，像米饭饼配油条这样的组合了。相比较而言，油条这样的食点，较米饭饼要更为普遍。这样一来，米饭饼在和油条的组合中，就降格为从属，行搭配之功效。

米饭饼做出这一点点牺牲，饱了我们这些芸芸众生的口福。这米饭饼包油条，米饭饼软乎乎的，油条脆生生的，一软一脆，丰富了食用者的口感。咀嚼起来，咬劲十足，那是单纯吃米饭饼，抑或单吃油条，都找不到的感觉。说到感觉，颇为奇妙。很多时候，你说不出所以然，但就是这种感觉，遵循之，则如跃入一马平川。否则，有如逆水行舟，得历尽千难万险，方能如愿。所以，有人对这些感慨良多，呼吁："跟着感觉走。"

这米饭饼与油条组合在一起，让米饭饼的酸甜，与油条的油香，在食用者口中融合，丰富了食用者味蕾体验。味觉的满足，是单纯食用米饭饼，抑或单纯食用油条，都不可能获得的。这样组合起来，其味道一下子多出几个层次，醇厚，圆融，妙不可言，真正产生出"1+1>2"之效果。不知当初，这样的组合是怎么形成的，是专家研究试验的结果？还是"行政干预"（生拉硬配）的结果？抑或是无意插柳之收获？总之，在当下众多领导者"只管结果，不问路径"的思维模式中，米饭饼包油条获得了巨大成功。

其实，在我们那里，最早米饭饼是个单干户。早年间的乡下，哪里会有什么油条啊？说句实话，我在到外村读书之前，头脑中根本没有油条的记忆。即便吃过，也是极少极少，根本没有留下油条的味道，也就等于没有吃。然而，米饭饼的味道，从小就牢固地储存于自己的味蕾之中也。

早先，我们县城里卖米饭饼的挺多。一大清早，在马路旁择定地方，安顿下锅、炉、桌、凳之类，便开市。那时好像没有“城管”这一概念，市民们摆摊设点相对容易一些。当然，这些做小本生意的，也是为了养家糊口，不易。他们自己也自觉，绝对不会因为自己的小摊子，影响了城市的交通，也不会留下多少垃圾。做这种生意的，作奸耍滑者少，多为忠厚本分之人。每每收摊之前，总会将摊位清扫一番。既为别人留下干净空间，也为自己第二天开张省去许多麻烦。这样的小本生意，多半是固定的摊点，或多或少都是有一些老主顾、回头客的。既然生意每天都在这儿做，清扫一下，利人利己，何乐而不为也。

卖米饭饼没多少家当。炭炉上架锅。桌上放瓷盆，调好米粉；又放张竹扁子，装米饭饼。总有东西覆着。或一层布纱，夏季挡灰尘，挡苍蝇；或夹着棉絮，冬季保温，什么时候拿出来，米饭饼都是热乎乎的。

卖米饭饼，讲究的是边做边卖。刚出锅的米饭饼，其暄松程度，跟久置竹扁之中的差别较大。因此上，做米饭饼的，待铁锅热后，将调和好的米粉，一小团一小团往锅边上摊。并不是摊得越多越好。用我们那里乡民的话说，靠船下篙。看食客多寡，决定现场摊饼的速度和摊饼的数量。这样的风味食点，口感、口味，好坏与否，均较为重要。如若把得不严，便留不住食客，那还做什么生意呢？

做米饭饼的，对做米饭饼的工艺流程，当然烂熟于心矣。多少米粉，加多少水，有讲究。米粉调和得适宜。水少，过硬，摊不成饼。水多，偏烂，也摊不成。做这等生意的，摊起饼来，样子很娴熟，很潇洒。随手抓起，丢在锅上，用力适度，便自然摊开，呈椭圆状。

锅中有饼时，可将炉门打开大一些，炉火自然旺起来。显然，不做饼时，炉子的火是闭着的。不一会儿，有饼香飘出，便可铲饼，出锅。摊出的米饭饼，如出一模，大小、形状，均无两样。这纯粹是做米饭饼的手上功夫，多少年练就的，新手当然达不到这样自如之境地。

卖米饭饼的附近，多半都能找到卖油条的卖米饭饼的和卖油条的在一起，似乎是天经地义的。细心的食客，自会发现，这“在一起”是有主次的。正如我前文所述，米饭饼与油条组合起来，米饭饼是主动与油条搭配，因而，卖米饭饼的，摆摊设点，一个重要择定标准便是，附近有没有卖油条的。卖油条，较之卖米饭饼似要讲究一些，多有店铺，有的甚至还有招牌，“××油条店”之类。油条，是在油锅里煎炸而成。发酵好的面，事先切成一小块一小块，做油条的坯子，两块坯子捏在一起，在师傅手里三拉两拉，抻到一定长度，轻轻往沸油锅内一丢，只见油锅骤然翻腾，油条更是翻滚不已，瞬间膨胀，浮至油面，色泽由白至嫩黄，油条香味便从油锅飘出。此刻，师傅用一双超长的竹筷，将炸好的油条挟出锅来。有性急者，上前想取，往往被师傅挡住。为何？刚出锅的油条，滚油在身，烫倒在其次，尚未完全香脆，须放入铁丝篓子内控掉油汁，稍等片刻之后，再放进竹扁，顾客即可取拿。油条出锅，师傅动作既要迅速，又要拿捏得当。速度慢，油条色至深黄，便老了，甚至焦了。过早出锅，炸得不透，再怎么爽，也脆不了。我们家乡人的口感，多喜脆。因而，油条以煎炸透，且色泽嫩黄为佳。有一年，出访台湾，接待方特意安排，让我们品尝名气颇大的永和豆浆，配食油条。超大个头的油条，咬在嘴里，肉质颇厚，外脆内软，不似家乡油条外脆，内也脆，表里如一。叙述至此，不得不言及“油条豆浆之组合”。这一组合，看起来，亦颇受民众喜欢。因在《红豆·绿豆·黄豆》一文中，已经写到豆浆，读者诸君可参阅。这里不再赘述。

回到米饭饼油条组合上来，这卖米饭饼的，叫卖起来："米饭饼包油条啦！""米饭饼包油条啦！"卖米饭饼的，有时候直接从油条店拿些油条过来，在自己的摊儿上一同出售。这样的合作，当然会和油条店师傅有所约定。做生意，讲究和气生财。有时候，也得亲兄弟明算账。否则，合作长久不了。

想来，这米饭饼进了城之后，才得以与油条组合起来的。在城里做事，早晨赶钟点上班，来不及吃早饭的，早餐通常是路旁的米饭饼包油条。有时顺道停靠，自行车龙头一斜，人都不用下车，说一声，"来个米饭饼包油条！"摊主嘴里应着，"好哩！"手里两张米饭饼、一根油条，夹着包好，递到骑车人的手上，一手拿钱，一手递饼。米饭饼包油条，多半是两张饼包一根油条。抑或也有一张饼包一根油条的，少，买时需特别交代。这样的早餐，实在方便。赶时间上班一族，在骑车上班的途中，便完成了早餐任务。

不过，有一点，城里的米饭饼，和我们儿时在乡间见到的米饭饼，似乎发生了一些变化。我们小时候吃的米饭饼中，是见得着米饭的，清楚得很。

这米饭饼里的米饭，颇不一般，得"馊"了才行。一"馊"，能进口？唯其"馊"，才能做出米饭饼特有的略带酸甜的味道。上一顿的馊粥，注意"馊"而有"度"。头一天晚上，和米粉调好，捂在锅里。经过一夜的发酵之后，米粉便发好，可摊饼矣。第二天一大早，升火，锅热后，浇上几勺子菜油（做饼时不沾锅），直接摊饼。可摊一锅，整个的，锅多大，饼多大，也可摊成一块一块的。饼离锅前，再浇些油。如此做出的饼，黄爽爽，油滋滋，香喷喷，甜甜的，又酸丝丝的，好吃。

说句实话，好吃是好吃，然终不及米饭饼包油条。

至此，读者诸君似乎要批评我的偏心矣，题中的黏炒饼，至现在只字未提，实在不应该。容我接下来专门叙述。

黏炒饼，多数时候出现，是跟某些节日、节气连在一起的。虽然平时偶尔也能吃到，但那是极少的。但譬如到了清明节、冬至之类，我们那一带乡间都会有一些祭祀活动，有家庭的，有家族的。这祭祀食品中，少不了黏炒饼。

黏炒饼，以糯米粉为主要原料，做起来颇方便。糯米粉和水搅拌，呈“泥”状，硬、烂适宜。硬，糯米粉不黏，易散；烂，则过黏难做成饼状。先做成大如小孩巴掌的圆饼，一只一只贴在锅上，盖上锅盖，升火加温，至饼子有糊面，再将另一面翻贴在锅上，继续加温。两面皆形成糊面后，便加适量的菜油、红糖，抑或白糖，喷少许净水，在锅里炒，炒至饼呈熟色，软乎，黏稠，即可出锅，以供食用。此时，夹在筷子上的饼子，有黏丝牵出，大概这便是黏炒饼“黏”字的出处吧。

这黏炒饼，不仅夹在筷上，软软的，黏黏的；吃在嘴里，其实也是软软的，黏黏的，更多一层香香甜甜的味道，与米饭饼，是完全不一样的口感，完全不一样的味道。黏炒饼的“格”似要高于米饭饼。

黏炒饼，在我们那一带餐桌出现，除了我刚讲的清明节、冬至之类，还有阴历七月半，及家中需要祭奠亡灵的日子，铁定是要做黏炒饼的。先人们辞世久矣，奉上几只黏炒饼，烧点纸钱，磕几个头，作几个揖，聊表纪念之意。那黏滋滋的黏炒饼，很快便会被我们这些馋嘴猫叼在嘴巴上啰。这样的日子，没给我们这些孩子多少怀古之忧伤，反因黏炒饼的出现，给平常枯燥的日子带来了些许快乐。

当然，黏炒饼，也不尽是跟祭祀、祭奠连在一起。早先过中秋节，我们没有广式、苏式之类品种繁多的月饼，家里能准备的也只有黏炒饼。敬月光时，当然是用黏炒饼。月光映照下的黏炒饼，油滋滋的，饼香四散。我们这些馋嘴猫，便早就口水流了尺把长了，瞅着大人干别的事，不注意，两个指头一捏，一只饼子便丢进嘴里去也。此时，翘望天空中亮晃晃的凉月，咀嚼着黏滋滋、甜津津、香喷喷的黏炒饼，便对那月宫中的嫦娥仙子，心生感激。

# 焦屑·疙瘩

焦屑和疙瘩，尽管装在碗里的形态不一样，前者通常是糊状的，后者则多呈块状。然，只要对这两种食品熟悉的，都清楚，在没有变为熟食之前，它们都是一种形态：粉末状。在我们那儿，焦屑的成分是“麦粉”，疙瘩的成分是“米粉”。

如果再往前推，做成焦屑的麦粉，从何而来？答曰：小麦炒熟之后，或者拿到石磨子上磨，抑或拿到轧粉机上“轰”，如此，“磨”出，或“轰”出的，便是麦粉。由麦粉稍作加工，便可炒制出香气扑鼻的焦屑。而疙瘩的米粉从何而来？多为碎米积聚到一定量之后，粉碎而得。其粉碎的路径和小麦成粉的路径完全一样，可分为机器的和人工的两种。我们那里有句俗语：

六月六，

吃口焦屑养块肉。

说的是我们那一带“六月六”尝新小麦的习俗。而这一天，又被称为多个不同的节日，其中有叫天贶节的，说这一天在江苏地区，老百姓似过年一般，早晨见面要互致问候与祝福，早餐的食物，便是焦屑。至于说，“六月六”的风俗，是否和大禹出生在六月初六有关，尚需进一步考证。

焦屑，也有直接用小麦粉，自己在家里烘炒的。只不过，与上一种做法比起来，还是炒熟的小麦，或磨，或轰，之后做成的焦屑更香。这与汪曾祺先生笔下的“焦屑”，似乎不是一回事。汪先生说，“煳锅巴磨成碎末，就是焦屑”。难道这是他那个年代的产物？在兴化，好像没有人家专门用“煳锅巴”磨焦屑的。而他进而说的，“我们那里，餐餐吃米饭，顿顿有锅巴”。则让人无限羡慕矣。

说实在的，“瓜菜代”的年头，能塞饱肚皮，就谢天谢地了，哪里还会去讲究吃的什么粮食啊！可以肯定的是，“餐餐吃米饭，顿顿有锅巴”，无论如何是做不到的。至于汪老讲，“把饭铲出来，锅巴用小火烘焦，起出来”，这在生活条件好转之后，我们小时候倒是做过这样的事情。只不过，这“锅巴”“起出来”之后，不是汪先生所说的，“卷成一卷，存着”，而是，“起出来”之后，立即“咯吱”“咯吱”嚼进自己肚子里去了。家中小孩多的，一锅烘下来，每个孩子也就一小块锅巴，哪里还需要“存”呢？

汪先生说，“锅巴是不会坏的，不发馊，不长霉。攒够一定的数量，就用一具小石磨磨碎，放起来”。这是不是当时高邮普遍的做法，还是像汪家这样殷实人家才有的做法？在那贫困年月的兴化，如若有这样的“锅巴”，也是存在肚子内更不容易坏，哪里还有什么耐心等攒够一定的数量，再磨成焦屑呢！

他老人家说的，焦屑也和炒米一样，用开水冲冲，就能吃了。焦屑调匀后呈糊状，有点像北方的炒面，但比炒面爽口。这些，跟兴化人所认识的“焦屑”的特性，又一致矣。

焦屑，确实可消闲，亦可充饥。

当年女儿上幼儿园的时候，每日里，要吃两次副餐的。她自然不晓得，她爸爸像她这般大时，是无这等口福的。

那时节，乡里孩子，谈不到什么副餐。了不起，小布兜里，装些焦屑罢了。想吃了，张开袋口，舌头伸得长长的，舔食些焦屑，慢慢咀嚼。鼻上、额上、脸上，均沾了不少焦屑，白白的，弄得大花脸似的，叫大人们望见，笑道："细猴子，上戏台，甭化妆啦！"

这情形，乡里极常见。大人笑小孩子吃焦屑模样不好看，其实，大人吃焦屑，又是另一番难看的模样。大人一般不干吃，用开水泡了吃。

下田回来，饭还没好，肚子又"咕咕咕"地叫了。于是从碗柜里拿出蓝花大海碗，装上半碗焦屑，用开水冲泡。边泡，边用筷子调。调匀了，便能吃了。捧碗，到巷头上，边吃，边闲谈。

其吃法挺特别。只手捧碗，伸出长长的舌头，循着碗边舔。手腕一转，碗边转动起来，舌头趁势一舔。一圈，一圈。蓝花大海碗里的焦屑，平平整整，碗边干干净净。腕转舌舔之中，一碗焦屑便下肚了。

焦屑"涨"得很，半碗干的，泡一碗足足的。

等到碗空了，方才想起另一只手中还有双筷子似的。用筷子敲敲碗边，愉快地回家，接着干下几大碗干饭。这筷子，倒成了手中的摆设。

焦屑，并不为人们想象的，有滋有味。焦屑的滋味，是人为加工进去的。泡焦屑，不加油，不加糖，光泡，并不怎么可口。充饥罢了。

其实，说到焦屑，干吃比泡了吃有味。干吃焦屑，得用细糖、麻油，与焦屑相拌，焦屑拌得湿湿的，湿而不潮，吃到嘴里香甜、湿润，一点不呛喉咙。

信不？

疙瘩，其主要成分是碎米（乡民们叫起来，为碎米头子），这在破题时已经交代过。这碎米主要是家中碾米时的副产品。新近碾好的米，过筛之后，剩下些碎米头子，淘洗爽干，再上石磨磨，抑或用轧粉机"轰"成碎米粉，晒过几个太阳，干了，装进坛子储存起来。要做疙瘩时，从坛子里掗出几大勺子，人少时抓上几把也行，取出碎米粉的量，视需做疙瘩的多少而定。通常情况下，碎米粉就在瓷盆里，用水和。和的过程，便是操作者用一双筷子，在瓷盆里不停搅拌的过程。需要注意的是，碎米粉和成“泥”状时，不宜过稀，过稀则成了米糊糊，是另外一种食物，做不成疙瘩。当然，稠了也不行，要么碎米粉还没和“透”，要么做的疙瘩下锅后便散掉了。

疙瘩不是用手做出来的，得“剜”。我们那里人，从不说做疙瘩，一开口便是剜疙瘩。剜疙瘩，须粥锅“透”了，水“滚”了。此时，用铲子进瓷盆里剜，剜时仅用铲子一角，一剜往粥锅里一丢，瓷盆里和好的碎米粉剜完了，便可盖上锅盖，复烧煮至锅“透”，再焖一焖，可盛碗矣。

喝粥吃疙瘩，更感疙瘩有咬劲。粥里有几个疙瘩，便不再寡了。疙瘩，挺熬饥的。干力气活儿，就指望一大早上能咬上几个疙瘩，一天都有劲。

这样一说，等于给吃疙瘩的人定了位，家庭里干重活的男人。小孩子自然只有喝粥的份儿了（说喝粥，而不言“吃”，极有道理的。那粥，实在说来，少见米粒，多见汤，无须动筷，捧碗喝之，片刻即见碗底）。家里小孩子少的，还可能从大人那里得到个把疙瘩。那真是男人从嘴边省下来的。若是小孩子多，分都分不过来，男人再想动筷子夹，女人便会用筷子一该（方言，挡的意思），“吃咯好下田，甭管他侎细猴子”。这刻儿，女人还会一脸严肃，用筷子敲敲细猴子们的粥碗，“喝粥，喝粥，喝好了，上学的上学，跟我上自留地的，跟我上自留地。”“他侎”，当地方言之说，他们的意思。

男人知道，女人的严肃是装出来的。哪有父母不疼自己的孩子的啊！然而，那年月，粮食实在太紧张，一日三餐薄粥打滚，日子过得苦。日子苦，人还闲不得，整日整日地劳作，干得净是力气活儿。家中女人，煞费苦心，视各自的劳作情形，安排一天的饭食。男人是家中大劳力，脏、累、费力的活儿多半靠男人完成，单喝薄粥，显然不行的。于是，煮粥时，女人便在粥锅里丢上几个疙瘩。这疙瘩，本来就没有富余，给男人吃也只能说勉勉强强，再分给小孩子，那女人的一番苦心便白费矣。

其实，这疙瘩要想吃出点滋味来，得单烧。用青菜炸汤，也就是青菜下锅后用油盐姜葱爆炒，之后放水，加进疙瘩，煮。好了盛碗之后，临食用时，挃上一筷子荤油。此时的疙瘩，养汤而盛，食用者咬上几口疙瘩，实实在在，感觉不错。再喝口带米香、菜香、猪油香的疙瘩汤，滋味还真的蛮好。这样的吃法，当然是疙瘩粥不可比的。

青菜疙瘩汤，在农家餐桌上出现，那是好多年之后的事了。现在城里人的宴席上，最后的主食，有时候便是这道青菜疙瘩汤，蛮受欢迎的。如今，疙瘩在家乡人眼里，早已不是填饱肚子的盼物了。而早先那种用碎米粉做成的疙瘩，早没了踪迹，家乡人几乎忘记了那疙瘩的模样。

真叫人高兴。

# 炒米·麻花

乡贤郑燮在其《板桥家书》中有一段对炒米的描述，说是“天寒冰冻时暮，穷亲戚朋友到门，先泡一大碗炒米送手中，佐以酱姜一小碟，最是暖老温贫之具”。读来让人心生温暖。这几年，老家对板桥先生的重视程度，似有升温。先生的故居周边，几年前经过较大规模的拆迁改造，其拥挤的状况得到根本性改变。只是，这一“变”，恐怕让他老人家有些个不太适应，他家门口多出了咖啡店之类的时尚饮品店。对于名人故居的修缮保护，没有一个地方当政者不重视，然，“好心办坏事”的情形多矣。

不只是郑板桥先生家门口出了新状况，与我同宗的刘熙载先生家因“拆迁”，不仅没有像现时的多数拆迁户那样“翻身解放”，而且连自家院墙都要“借”邻居家的，方得密封起来。看后，总让人心里泛酸，不是滋味。既然劳动他老人家搬家，那多少总该给点政策，优待一下老者吧？好歹人家京城里也算是有人的，毕竟当过帝师（咸丰帝的老师）嘛。

相比之下，搞纯文学的痽崖子，境遇远不及兼搞书画的板桥道人。家乡的电视台，连续几年找到我这里，让借着《板桥家书》说点体会，当然根本目的，不是宣传郑先生的著作，而是宣传其亲民爱民的思想，宣传其清廉之形象。地方上曾搞过一个全国性“板桥杯”诗词大赛，倒是吸引了全国各地诗词爱好者参与，热闹是蛮热闹的。有用吗？另说。既言“另说”，我还是回归正题，不然，扯得有些远了。

在我们那里，冬季，不论城里，还是乡下，“轰炒米的”均多起来。“轰炒米的”，我们那里叫喊起来多为，“轰炒米的怎么怎么”，实际上，这“轰炒米的”，既轰炒米，也炸麻花。

轰炒米、炸麻花，有挑了担子步行的，也有担子搁在小船上，划木桨的。“轰炒米的”担子，一头是轰炒米的机子，带煤炭炉子；一头是风箱，贴箱而放的是轰炒米用的麻布袋子。在小巷上，抑或是小河里，不时吆喝几声：“轰炒米、炸麻花啦——”，“轰炒米、炸麻花啦——”。这些，我在长篇三部曲的第一部《香河》中有较为详细的描写。《香河》被誉为“里下河风情的全息图”，大概跟我在小说中描述了不少类似轰炒米、炸麻花这样的地方风情有关。

别听“轰炒米的”吆喝起来分得这样清楚，有轰，有炸。其实，这轰和炸，在他那里是一同完成的，不分彼此。之所以要将炒米定为“轰”，将麻花定为“炸”，如果要找出一点依据的话，有可能玉米粒儿在轰炒米的机子里面，经高温加热之后，逐渐膨胀，膨胀到一定时候，便炸开了。这从玉米粒儿出炒米机子，变身为麻花，其形状多为开裂的，便可得到验证。然而细看炒米，也会发现，有的炒米也会开裂，只不过炸的程度，较麻花要弱一些。在我看来，这“轰”和“炸”的定位，恐怕还是一种习惯罢了。“轰炒米的”只管做自己的生意，哪里有多少闲工夫，去和你研究“轰”为什么用在炒米身上，“炸”为什么用在麻花身上呢！在我的印象里，“轰炒米的”多为不识字的农民，“轰”和“炸”的区别，还真的分不大清，做这行生意的，都一直这样叫喊，大家都跟着这样叫喊罢了。

早先，轰炒米、炸麻花蛮便宜的。“轰炒米的”吆喝声在巷口，抑或河面上响起来，问其价，答曰：“一毛五一火。”

“一火”，是轰炒米、炸麻花的计量单位，也是“轰炒米的”行话。“一火”，乃“轰一次”是也。通常，这“一火”能“轰”一斤米左右。“轰炒米的”，每到一地，择好一处巷口、墙角，摆下家伙，之后，点火生炉子，轰炒米，炸麻花。

“轰炒米的”，一手推风箱，一手摇炒米机，有板有眼，颇协调。风箱四周，簇满了人，排着队，或轰炒米，或炸麻花。那火炉上，大肚子的“炒米机”，滚动了几分钟之后，“轰炒米的”便停下，招呼一声：“听响啦!”随之，只听得“轰”的一声响起，炒米或麻花便“沙沙沙”地倒入麻布袋中。待热气稍散，倒入自备的器皿之中。回家。

轰炒米，多用大米；炸麻花，则是玉米粒儿。经“炒米机”“轰”出的，无论炒米还是麻花，个头均较先前膨大了许多。炒米，基本保持了原来的形体，其色白了许多；麻花，则面目全非，玉米粒全部开了花，难怪有麻花之称。其色亦由黄趋乳白。

品尝一下，炒米、麻花，一样既香且脆，不过，炒米口感更为细腻。“轰”时，放入一小撮糖精，那炒米、麻花不仅香脆，且有了少许甜味，更是诱人垂涎。

炒米、麻花均怕透气，一透气，便会“嫩”掉，再无香脆之妙。炒米、麻花均需用有盖的瓷罐子储存。罐口密闭，则佳。随时想起，随时从罐中取得香脆之物。

前文所引《板桥家书》中对炒米的一段描述，汪曾祺先生读后，“觉得很亲切”。并说，“郑板桥是兴化人，我的家乡是高邮，风气相似。这样的感情，是外地人们不易领会的”。想来，若是心境不同，即便有同乡之缘，亦未必能领会为汪老所认可的，板桥先生所言说的感情。如今说到吃炒米、麻花，皆为平常消闲而已。俗语云：“炒米枕头饿煞人。”实在是道出了炒米之类的妙处：无论怎么吃，于胃无伤，不会重食。这便生出一个妙处，此物与孩童颇为相宜。一般而言，人在孩提时，多嗜零食，所谓“小馋猫”是也。其他零食，如若多吃，家中大人自然会担心不消化。而家中有炒米、麻花，则随手可抓。家长也不会严加看管的。这炒米、麻花，既消得闲，且不用为胃担心，岂不妙哉?!

只不过，与板桥先生所言，“佐以酱姜一小碟”有些许不同，现时泡炒米，多半会放上几勺子糖，更为讲究者则用蜂蜜。

“佐以酱姜一小碟”者，不多见矣。

# 腊八粥

粥，原本属众生日常所需寻常之物，因为附着了多重文化意味、精神内涵，而变得如此风靡，传播之久，扩散之广，演绎出一场又一场关于“粥”的传奇，实在是令人惊叹。对于一种食品作如此包装，如此推广，依我看，可谓空前绝后是也。这真是一个值得商家去研究总结的商业案例。不错，我要说的，正是腊八粥。

腊八粥当然是时令的产物。吃腊八粥，当然是在腊月初八这一天。那么，腊月初八这一天，又为何要吃腊八粥呢？

从先秦起，腊八节就是用来祭祀祖先和神灵、祈求丰收和吉祥的。吃腊八粥的风俗，在宋代已十分风行。每逢腊八这一天，从皇城汴梁，到地方各官府；从名刹古寺，到黎民百姓家中，都要做腊八粥。试想，那是怎样的一个壮阔场景？整个大宋，几百万平方公里的疆域之内，数以万计的人们，在腊月初八这一天，都在干一件事：喝粥。那一场关于“粥”的盛事，不知要演绎出多少故事！

明《永乐大典》记述的是吃粥的另外一个庞大群体：僧侣。“是月八日，禅家谓之腊八日，煮经糟粥以供佛饭僧”。据说，腊月初八，是佛祖悟道之日。各大寺庙除了作浴佛会，诵经，还要送“七宝五味粥与门徒”。这“七宝五味粥”，便是腊八粥，也称“佛粥”。

在吃腊八粥这个问题上，历朝之中，数清朝对皇族中人要求最为具体到位。朝廷规定，从当今皇帝开始，到皇后、皇子，都要向本朝文武大臣、侍从宫女赐送腊八粥，同时，向各寺院发放熬制腊八粥所需的米、果之类物品。雍正三年，世宗皇帝爱新觉罗·胤禛曾下令，每逢腊月初八，在雍和宫内万福阁等处，熬煮腊八粥，请喇嘛僧人前来诵经，然后将粥分给各王公大臣，品尝食用，以度节日。皇上都做得这样认真，还怕下面官吏不奉行吗？要知道，在中国，上行下效历史久矣。

在民间，也有将腊八粥抛洒在庭院的院门、篱笆、柴垛之上的习俗，以祭祀五谷之神，祈求来年风调雨顺，五谷丰登。亲朋好友之间，也会将腊八粥拿来相互馈赠。有宋代诗人陆游诗句为证：

今朝佛粥更相馈，
反觉江村节物新。

由此看来，这腊八粥，肯定是品种繁多，不然亲友之间还赠送个什么意思啊？还真的是这样，腊八粥所配食物十分丰富，每一不同食物组合，其熬煮出来的粥，风味自然不同。据《燕京岁时记·腊八粥》记载："腊八粥者，用黄米、白米、江米、小米、菱角米、栗子、红江豆、去皮枣泥等，开水煮熟，外用染红桃仁、杏仁、瓜子、花生、榛穰、松子及白糖、红糖、琐琐葡萄，以作点染。"这从沈从文先生的散文《腊八粥》一文中，同样可以得到佐证：

初学喊爸爸的小孩子，会出门叫洋车了的大孩子，嘴巴上长了许多白胡胡的老孩子，提到腊八粥，谁不口上就立时生一种甜甜的腻腻的感觉呢。把小米，饭豆，枣，栗，白糖，花生仁儿合并拢来糊糊涂涂煮成一锅，让它在锅中叹气似的沸腾着，单看它那欢气样儿，闻闻那种香味，就够咽三口以上的唾沫了，何况是，大碗大碗地装着，大匙大匙朝口里塞灌呢！

沈先生在文中将腊八粥之配料交代得非常清楚。因为物种实在是太多了，所以沈先生认为这煮的过程，是“糊糊涂涂”煮成的。因多种食物杂合一锅，才会有“叹气似的沸腾着”这样的情形出现。沈先生的文章距今，亦已过去半个多世纪矣，然，腊八粥的做法，腊八粥的风俗，似乎没有太多的改变。

在我儿时的记忆里，一进腊月便掰指头数日子矣。何为？盼过年吗？不。离过年尚有一段时光呢。盼腊八。一到阴历腊月初八，这一天晚上，我们那里乡下也是家家户户都煮腊八粥的。吃上用红枣、花生米、黄豆、红豆、绿豆、胡萝卜等多种食物熬煮而成的腊八粥，香喷喷，甜滋滋，颇解馋的。吃了太多的**粯**子饭、苋菜馉的肚子，忽然有一天能吃上像腊八粥这样的美味，难得。农家孩子，盼“腊八”，吃“腊八”，忘不了“腊八”，不奇怪。

知道腊八粥能“益气、生津、益脾胃、治虚寒”，是吃了好多年腊八粥以后的事了。各种风味独特，且药用价值不同的腊八粥，颇多。诸如，防脚气病的米皮糠粥，防高血压的胡萝卜粥，防心血管病的玉米粥，治胃寒腹痛的生姜粥，治失眠的莲子粥，补血小板的花生粥，补肝的枸杞粥，等等。真可谓举不胜举。

毕竟与早年间不同了，如今的孩子，不论城里的，还是乡里的，要吃腊八粥，不一定等到腊月初八了。家中各种果点皆有，说煮就煮。更方便的，煮都免了，直接到副食品商场买它一两罐，开罐就吃。

偶或，尝过一回，总不似儿时家中煮出的香醇。

## 第三辑

# 深藏在墙缝里的爱恋

# 那双深邃而明亮的眼睛

他，对于我这样一个颇喜好动笔的人来说，是一种崇拜，是一种景仰，是一种遥不可及的期待。当时光的年轮走过公元1985年的时候，一个20多岁的文学青年终于在苏州，在他的家门口见到了他，那种遥不可及，一下子变成了现实，让那位青年感动，让那位青年不知所措。这个“他”就是刚刚辞别人世的当代著名作家陆文夫，那个文学青年就是我自己。

因为一篇名叫《瓜棚小记》的小说的缘故，在苏州一个叫作《江南雨》刊物上发表，说来并不是一件什么了不得的事情，但因为这篇习作为陆文夫所看重，他让青年诗人车前子为习作写点评，而让我有机会从苏北的乡村到苏州参加为期半月有余的“江南雨笔会”。这样的机遇，对于一个热血沸腾的文学青年来说，是何等宝贵。而让我在笔会期间能亲耳聆听陆文夫的教诲，更感到此生之幸也。说实在的，斯人已逝，当年他给我们讲了什么，我真的无法一一记起，毕竟那是20年前的事了。但他那双深邃而明亮的眼睛，至今都刻在我的脑海里。那双眼睛，似乎看透了我心底的一切，让我不能隐藏；那双眼睛，似乎润泽了我的心田，让我变得纯净。我相信，只要你的双目与那双眼睛对视，便有心灵与心灵的碰撞。至今，我都不能忘记与他目光交会时的感觉，那是一种难于言述的细流在心田涌动，涌动，进而遍布周身。那是一双睿智的眼睛，那是一双纯洁的眼睛，正是由于这双眼睛，我的心底从此留下了陆文夫的身影。

在苏州的十多天里，我那饥渴的心田拼命地吸收着大家们提供的养料，记得当时除了陆文夫，还有贾植芳、艾煊、叶至诚、高晓声等，让我倍加感动的是，陆文夫还亲笔为我题写了“无师而无不师”的字句，寥寥六字，意味深长。对于从事文学创作的人来说，写出自己的个性是极其重要的，千万不能被过去的传统所束缚，千万不能为大师大家的名著名篇所拘泥，此可谓“无师”也；但学习和传承，又是无处不在无时不有的，那丰厚文化积淀其营养是不言而喻的，每一个后来者都应该汲取和继承，此又可谓“无不师”。当创新之风兴起之时，我不免想起陆老20年前说过的话，不就蕴含此意吗?！难怪车前子看了陆老给我的题词之后，在我的签字本上为我写下的是“在瓜棚里吃自己的瓜”。

于是乎，我开始翻阅《小巷人物志》《美食家》《井》等一批引领当时文坛风骚的佳构。因为受到鼓励，于是乎，从1985年开始，我便在一些刊物发表《香河风情》《香河渡》《香河纪事》等一批和《瓜棚小记》风格一致的习作。于是乎，有了《中国青年》上对小说《故里人物三记》的肯定，有了1988年到北京人民大会堂领奖的经历。现在想来，当时能在短短两三年内发表十多万字的小说，和陆文夫的鼓励是分不开的，他的原话我没能亲耳听到，但当我去苏州参加笔会时，车前子直接和我讲过，内心的感动的确无法言表。这鼓励，让我握着手中的笔直到今天。他写给我六个字，令我至今都好好珍藏、好好体味。

我也没能想到，从我第一次见到陆文夫之后，再一次亲耳聆听他的教诲，竟相隔了十多年。1998年5月23日，这天是泰州市作家协会成立的日子。我在事先没有任何信息的情况下，当日被通知到乔园宾馆东平房开会，说是让我参加泰州作协副主席的选举。在泰州市作协第一次代表大会上，我再次看到了那双深邃而明亮的眼睛，陆文夫作为泰州籍作家、中国作协副主席、省作协名誉主席坐在了主席台上。实在说来，再次见到陆文夫，我的内心是极其激动的，尽管他对当时的毛头小伙子早就没有印象了，那批来自全国各地的有十多个人呢，如今颇有影响的荆歌就在当中。后来和他老人家一起拍照，我也没再提起那段往事。因为俗务缠身，加之自身努力不够，拿得出手的作品不多，让我在陆老面前提起，我当年曾因写出《瓜棚小记》而得到他老人家的鼓励，真是汗颜得很。尽管，我的身份已经从一个乡镇的共青团干部变成了泰州市作协副主席兼秘书长。可令我惊奇的是，陆老他那双深邃而明亮的眼睛，依然那么有穿透力，依然叫我不能躲藏什么，依然那么纯净容不得半点沙子。

这是一双怎样的眼睛啊，似一口深井，又似一泓清泉，在我的脑海挥不去，抹不掉。如今，他老人家虽然离开尘世，离开他钟爱一生的文学，离开了我们，但他那双眼睛成了我心底一道永恒的印记。

# 迟到的怀念

一直想写一篇怀念汪曾祺先生的文字。这样的念头，最初听到汪老辞世消息的时候就有了。然而我一直没有动笔。自己心中觉着，汪老这样的大家，哪轮到我这样的无名之辈来写怀念文字呢？虽然，在我的创作过程中曾得到过他老人家的帮助；虽然，我的文学创作一直追随着他老人家，是个不折不扣的“汪迷”。转眼间，这样的念头，存于心底十年矣。也就是说，汪曾祺先生辞世已十年了。无意间，得知汪老故乡要为他老人家逝世十周年做点事，我的内心有说不出的情感在涌动。这涌动着的情感，使我不得不坐到电脑前敲打出久藏心底的心音。

几乎和所有的“汪迷”一样，最早读到先生的小说是《受戒》，万般惊奇地发现，原来小说还可以这么写。惊奇之余，总也忘不掉小说中那个小和尚望着小英子“歪”荸荠留下的脚印塘发呆的情形，真想把自己的脚也悄悄印在小英子的脚印塘里，那痒痒的滋味一直痒到我心里去了，进而自己心里头变得甜滋滋的。自然也为《受戒》没能拿到那年全国短篇小说奖而愤愤不平，心中不爽。好在次年的《大淖记事》弥补了这一缺憾。其时，汪曾祺先生创作势如泉涌，每发一篇小说都是反响热烈。毫不夸张地说，我们这些小青年迷他的小说到了近乎痴狂的程度。1985 年苏州“江南雨”笔会上，我们来自全国各地的十几个青年人，人手一册汪老的《晚饭花集》，每天必读那是自然的了。我和当中四五个更好一些的朋友，临别时便在汪老的书上各自写上了彼此的心愿和祝福。《晚饭花集》成了我们那帮文学青年之间相互鼓励的最好纪念。这当中就有今天在江苏文坛比较活跃的荆歌先生。

我们就这样一路读着汪曾祺先生的作品，一边追寻着自己的文学梦想。1992 年漓江出版社出了我的一本散文集《楚水风物》，是我的同乡好友、著名青年文学评论家王干先生给写的序。想着他是因一篇关于汪曾祺先生小说的评论而走上文学评论之路的，跟汪曾祺先生关系非同一般，而我写的这一组风物，与汪曾祺先生著名的散文《故乡的食物》中所写物产十分相近，我用笔风格是一直追随他老人家的。心中就想，如这本小册子能请汪曾祺先生题写个书名，那该多好啊。于是，把心中的想法和王干兄商量，请他帮忙。原本也只是试试看的，不想汪老没作半点推辞，爽快地题写了书名："楚水风物"。因为事先没怎么好给他老人家提太多要求，心想只求个有就成。谁知汪老用宣纸题写了两幅书名，一幅为竖题，一幅为横题，托王干兄转交给我。说实在的，捧着汪老题写的书名，我内心真是激动万分。他的字，典型的文人字，儒雅得很，求他字的大有人在。而我这样一个无名小辈，没请他抽一支烟，没请他喝一杯酒，没有一丁点儿付出，却得到了他老人家如此厚爱，这无疑将激励我继续走好自己的文学之路，继续自己的文学追求。

说实在的，较早读出我的小说有一股"汪味"的是著名作家陈建功先生。那是 1987 年，《中国青年》杂志社组织了一个全国性的小说处女作征文，我的小说《故里人物三记》在第 5 期《中国青年》上发表了。杂志社还为小说配发了专家点评——陈建功先生的《读后信笔》。陈先生在点评中说："这位作者的另一点可贵之处是，他开始意识到，要写出'味儿'来了。比如作品中那远距离的叙事态度，不是确实有了一种冷峻的观照的'味儿'吗？最典型的，是《祥大少》一篇前五个自然段的起首，一律以'祥大少'三个字当主语。而《谭驼子》一篇，前五个自然段照例以‘谭驼子’三字冠之。《二侉子》一篇小有变化，但第二自然段则是一连串的‘二侉子’为主语的单句。我想，这都不是随意为之的。这里面渗透着作者对一种叙事调子的追求。不过，这种叙事调子怎样才能更加独树一帜，以区别于汪曾祺先生的某些小说呢？大概这也是作者正在思索的突破方向吧？”

时隔二十年之后，我的一部32万字的长篇小说《香河》面世。在《香河》研讨会上，来自北京、上海、南京等地的二十多位作家、评论家、电影导演，以及泰州、兴化的有关领导对这部全景式描绘里下河兴化民俗风情的长篇小说给予了高度评价。认为小说以细腻抒情的散文笔法，生动地描述了苏北水乡的民情民俗和生活故事，是一幅具有浓郁地域文化色彩的风俗画卷。研讨会上，有一位喜爱汪曾祺先生作品的评论家对我说，看了你的《香河》，我想汪曾祺先生如果进行长篇小说创作，大抵如是。初听此语，我连连摇头，“不敢当，不敢当”。这部小说虽然引起了《人民日报》《解放日报》《文艺报》《文学报》《中华文学选刊》《江苏作家》等众多报刊、网站、电台、电视台的关注，但无论如何是不可与汪老的创作相提并论的。转而又想，这说明这么多年我对汪曾祺先生文学创作风格的孜孜追求有了一些成果吧。这在著名作家赵本夫先生为《香河》所作的序中亦可找到佐证，他称《香河》是“一部里下河兴化版的《边城》”。《边城》为汪曾祺先生的恩师沈从文先生所著，汪曾祺先生师承的便是沈先生。如此，这中间的脉络便十分明了了。无怪乎有评论这样说：“看《香河》，不难发现沈从文、汪曾祺对刘仁前的启发和影响，不同的是，《边城》《大淖记事》只有开篇逶迤而下了三两节风土人情的描写，而《香河》却贯穿了全篇。由《边城》《大淖记事》，沈从文、汪曾祺告诉人们，小说也可以这样写，风物、风情的描写，可以绕开惯常小说以人物和故事拿魂的先例，而成为小说立篇的灵魂。《香河》既出，我们可以看到，刘仁前把小中篇《边城》短篇《大淖记事》怎样消化到了肚子里，又如何把这种小说的叙写方式推到了极致，写成了长达32万字的长篇。”我心中暗想，用自己的作品来怀念汪老，让汪老的文学创作风格为后辈所承，绵延不绝，岂不幸哉？汪曾祺先生泉下有知，该开怀畅饮了吧？

汪曾祺先生健在时，我虽未能与先生谋面，自然也不能亲耳聆听先生教诲。但我与先生的亲友倒是有些交往，他在省泰中教数学的外甥赵京育先生曾说过要好好写舅舅的回忆文章，我倒是极力鼓励赵先生写出来，便允诺我所在的《泰州日报》可以为他开专栏的，其时我已调任《泰州日报》副总编辑。遗憾的是，至今没见赵京育先生的回忆文章。前些年，我也曾专门去高邮“汪曾祺文学馆”参观过，到坐落在高邮城北门外东头竺家巷“汪曾祺故居”拜访过。在我看来，先生为人为文的理念是一致的。就其为人，他的那句“多年父子成兄弟”一直被传为美谈，仔细了解先生之后，方知此语出自先生之父汪菊生先生之口，亦可见汪氏家教一脉相承；再就为文而言，“不求深刻但求和谐”可谓引领当时文坛风骚，开风气之先。而这二者本质则完全一致，说到底不就是当下颇为时兴的两个字吗，和谐！因而，在汪先生的故居，我应先生小妹夫之邀，提笔写下了一句：“汪曾祺先生为人为文千古流芳”。此句虽俗，心意却是诚的。

今日正是清明，千家万户都在祭扫先祖亡灵，虽没有纷纷细雨，但因焚烧纸钱而升腾起来的浓浓雾气，一样撩人思绪。我想，汪曾祺先生墓前，他的后人一定也在祭拜吧，我是不能在他老人家墓前行礼了，谨以此文奉上自己深深的怀念。

# 一件小红大衣

说来也是碰巧了，今年“十一”是父亲六十九岁生日。我们这一带民间流传着“贺九不贺十”的说法，又说是“男贺九女贺十”，无从考证其原委及出处。不论怎么说，父亲这个“九”是在“贺”之列，况且又是年近古稀。待我把要给老人家“做寿”的想法在家里一说，父亲竟没同意，说又不是整生日，把一大帮人从老家请到泰州来，麻烦得很，明年再说吧。其实，我心里知道，父亲大半辈子下来节俭惯了，怕他的儿子花钱呢。

“做寿”的事只好作罢。然，父亲的生日总不能就这么悄无声息。我和妻子商量，给父亲买一套衣裳吧，说什么也要让他老人家高兴高兴。就这样，“十一”前几天，我和妻子陪二老去了趟文峰，花九百元给父亲买了一套衣裳，给母亲买了两件外套。在我和妻子看来极普通的衣裳，两位老人一直唠叨着：“太贵了，太贵了。”

实在惭愧得很，这么多年来，在我的印象里，这大概是第一次正儿八经地给父亲买衣裳。衣裳买回去的第二日，父母亲还是反复唠叨着，舍不得他儿子“花了这么多钱”。大概是感慨自己的儿子有用了，老父亲便谈起了我小时候的事。说，我过周岁时，小姑姑曾给我做过一件小红大衣。灯芯绒的面料，红颜色鲜亮得很，一家人见了都夸好。那可是“三年自然灾害”过后不久啊，小姑姑这份“人情”真是大了。其时，给小孩子过周多半送双把袜子之类，也就说得过去了。就是如此好的一个姑姑，没等到我学会说话叫她一声，便患肺结核离开了人世。其时，小姑姑才三十多岁。全家人那种悲伤无法言说，更让父亲心酸的是，小姑姑临终前口里还念叨着，但愿她的小侄子长大后幸福平安。我发现，父亲说到这里，眼中已经噙着泪花了。

父亲的叙述，激活了我沉睡的记忆，把我带回已经淡忘了的孩提时代。那一件小红大衣，在我的眼前渐渐清晰起来。是啊，我怎么能忘记哟，那件小红大衣几乎伴随着我整个孩提时代。它让我在其他小伙伴们面前有了炫耀的资本，它让我在寒冷季节里有了无比的温暖。不仅如此，等到我长高了，长大了，小红大衣不能穿了，我的妹妹们又先后穿着它。小红大衣成了我们兄妹的“宝贝疙瘩”。

小姑姑离开我们已经好多年了，我和她见面时还在襁褓之中，实在是没办法记住如此疼爱我的小姑姑。记住的倒是小姑姑的女儿，我是该叫“平儿姐姐”的。我到了她家也好，她到了我们家也罢，我们经常在一块玩耍。在我的印象里，平儿姐姐倒是有几分男孩子气的，留着齐耳短发，显得蛮干练的，做起事来也是干脆直爽，少有女儿家的黏黏糊糊。不知道平儿姐姐是否遗传了小姑姑的性格，也不知道平儿姐姐跟她母亲长得是否相像。就是到现在，我也没能见过小姑姑的相片，也没有向父亲了解过那般疼爱我的小姑姑。

那件小红大衣，直到我和妹妹们都长大成人，才被母亲收藏起来。我刚从老家到泰州工作时，还曾见过那件小红大衣。不想几年一过，我竟把它给淡忘了。那天父亲提及小姑姑时，说：“平儿如今也是见了孙女儿的人口啰。”一听这话，不由得我心头一愣：“是小时候常和我一块玩耍的平儿姐姐吗？”父亲点点头，怅然道：“要是你小姑姑活着，看到你们现在的样子该有多高兴啊。”

父亲的话让我陷入深深的自责。人世间，有些东西、有些人忘了也就忘了，但有些东西、有些人原本是不该忘了的。平心而论，这些年如果说对父辈们的情感有些忽视了，那么对小姑姑来说，则是完完全全地遗忘了。我把那件“宝贝疙瘩”一般的小红大衣也丢了。父亲那噙着泪水的眼睛，让我在心底暗下决心，一定要把小红大衣找回来，好好珍藏。

# 苦楝树

老家的屋后，有一株苦楝树，挺高大的，盘踞在临着香河的高地上。想来，雨水冲击所致，其根盘错裸露大部，叫人领略到“苍劲”一词的意韵。紫红色的小花，成簇成簇的，满树尽是，很是纷繁。顽皮的孩子，爬上树去，摘下，用稻草芯一一穿起，成了一串一串的项链，佩到脖子上，挺好看。孩子自然摘不尽楝树花。留在树上的，长到花落，便有青青的果子结出。乡里孩子玩打仗的游戏，多取此果为“子弹”，相互进攻，倒也有几分“枪林弹雨”的意趣。楝树果到冬季便老枯了，成了无处寻食的白头翁（一种鸟）填肚充饥之物。自然也有果子老了，坠到根下的。入得泥土之中，几经风雨，翌年春，便有新芽破土。年复一年，便满了高地，竟有了一个楝树林子，实在是意料之外。房屋在浓荫里藏着，炎夏在这里，便平添了些许凉意，尽管蝉儿依旧在枝头卖力地喊着：“热啊——”“热啊——”

苦楝树，因其汁苦涩而少虫害，故而，很茁壮。那株老树，有些年月了，树皮开了裂，很是粗糙。树形也颇奇特。正杆没多高就分出三根杈枝，很匀称地伸向三个方向，各占一方蓝天。杆粗已半抱有余。树杈上各有一个喜鹊窝。每每老喜鹊寻食回归时，窝里的幼鹊便叽叽喳喳叫个不停。小树林，顿时热闹了许多，增添了不少生机。这棵苦楝树，是爷爷早年间栽下的。爷爷是有了打算的，曾跟家里人提起过。一棵老树，三个杈，每个儿子一杈。恰巧，爷爷有三个儿子。

爷爷是靠租种人家的田过日子的。整日忙忙碌碌，极少安安稳稳地坐到桌上来吃顿饭的。从锅灶间盛好（**粯**）子饭（那时，成年难得见白米），到堂屋饭桌上装几筷子苋菜（馉），往锅灶间盛（**粯**）子饭。如此往复，便吃完了一顿饭。他总是嫌坐下来浪费时光。用他的话说："时光是浪费得起的吗？种田人，工夫用在田里才是正理，不忙哪成！"可他却把三个儿子都送进了学堂。

爷爷真是个闲着没事就难受的人。稻谷进了仓，麦种下了地。往冬天过，地里闲了许多。飘雪花了，田野里，村子里，尽是白茫茫的，实在不能外出干活了，爷爷便拿出一小把一小把捶得熟熟的稻草，打草鞋。他一冬也尽穿草鞋。不仅他穿，家里人也穿。即便如此，也还是穿不了。爷爷打草鞋的技术娴熟极了，一天双把草鞋是极容易的事。因而，爷爷的草鞋也向外卖。多是相熟的，跑到门上来。爷爷的草鞋，卖得极便宜。那时节，乡里人还谈不上穿棉鞋，多穿草鞋。穿过几回，草鞋软熟了许多，也暖和了许多。要把一双草鞋穿软熟了，这脚是得吃些苦的。新草鞋磨脚后跟挺厉害，容易落下裂口子的毛病。爷爷自然不能幸免。睡觉前，常常用膏药到火油灯上烘化了，滴到裂口里去。那滋味既生疼，又舒坦。爷爷脚上的裂口，小孩儿嘴一般，怪吓人的。冬季，在我儿时的记忆里，印象顶深的，莫过于坐在门口小矮凳上，映着雪光打草鞋的爷爷的形象。雪花飘进门来，沾到爷爷的胡须上，化了，爷爷的胡须也变得雪白雪白的了。

说实在的，爷爷大半辈子为生活的艰辛所迫，整日奔波，劳作于田间，没能给我多少爱抚，便离开了人世。有一日清晨，家里人叫我立即回去。其时，我住在外婆家读书，距家不远，待我赶到，爷爷已咽气了。听人说，只有咽气时在的，才能成为死者真正的亲人。我很是伤心了一会子，为我失去了爷爷，也为爷爷到阴间就少了一个孙子。我转到屋后，很想抱了苦楝树痛哭一场，可是苦楝树已经不在了。家里人告诉我，说是爷爷辛劳了一世，给他老人家做棺材用了。爷爷结束了他苦楝树般苦涩的一生，离开了我们。那时，我还太小了一些。

苦楝树不在了，那枝杈上窝里的喜鹊哪去了呢？该有一窝新喜鹊了吧。

# 爱上远方

远方，有多远？远方，有什么？

我在心里反复自问，始终没有满意的答案。可，我又清楚地知道，自己一直深爱着远方。没有一丝犹豫，无须任何理由，不曾有所改变，几十年来一直如此。

年幼时，远方靠一条乡路连着，远方有我的外婆。那绿茵茵的秧田里，蛙鼓阵阵，田野小径上，穿黑色布衣的外婆，拄着拐杖，挎着竹篮，蹒跚而行，神态很是安详。偶或有人问起，外婆会很乐意告诉人家，“去桂子家，看外孙子”。桂子是我妈，外孙子便是我。当外婆矮小的身影，从远方一点一点靠近时，我会兴奋得跳呀蹦呀，“婆奶奶来啰，婆奶奶来啰”。（我们那里总把“外婆”叫作“婆奶奶”，让我改变原来的叫法是多年之后的事情）妈自然也开心，“你这个小馋猫呀，又想着婆奶奶篮子里的‘想头’了吧”（“想头”是我们当地人的说法，一般大人外出或走亲戚，带些硬糖果、玻璃球之类好吃好玩的东西，我们都叫作“想头”）。外婆真的很疼我，每次到我家来，都会带来我喜欢的，不是吃的便是玩的，实在没有了哪怕煮几个鸡蛋，从未空过手。到我上学念书时，又多了小人书之类。在我的记忆里，儿时的远方，便是外婆的家。外婆从她家走到我家，是要走好远好远的乡路的，况且她那么大年岁了。我爱远方，远方有我慈爱的外婆，远方有我喜欢的“想头”。

到了对“关关雎鸠”一类诗词兴致颇浓的年龄，远方则成了一种想望，无端觉得远方会有一个姑娘在等着我。在远方，不止一次和心爱的姑娘策马辽阔草原，任草原上的风吹起她美丽的长发，撩起她洁白的长裙；在远方，不止一次和心爱的姑娘矗立巍峨群峰，任绕峰的白云飘浮在她身旁，那飘然欲仙的感觉让人陶醉；在远方，不止一次和心爱的姑娘航行浩瀚海上，任万顷碧波激荡她的心房，点点银鸥展翅翱翔；在远方，不止一次和心爱的姑娘潭边静坐，任清纯的潭水印照她迷人的双眸、姣好的脸庞……那时的远方，只是我心底的一个梦乡，遥不可及，不辨方向。

直到有一天，我离开了生我养我的故乡，离开了我慈爱的外婆，我的足迹印在了大江南北，我的心绪流淌在山川湖泊。远方，变成了我脚下的一块土、一潭水、一片云。于是，我把对远方的爱变成了文字，变成了几十万字的《屐痕心影》。我在这本书里告诉读者朋友们，“这些小文，或描写山川风貌，状写历史遗迹；或叙述人文掌故，探求事物渊源；或细说民间风情，品味异地风物……自认为字里行间，记载的是足迹所至的所见所闻，流露的是自己的真情真意、真实感受”。“纵情于崇山峻岭、江河湖泊和人文景观，饱览美妙的自然风光，领略造物主的鬼斧神工，寻访人世间的历史遗迹，探求妙趣横生的人文掌故，拓宽视野与胸襟，陶冶性情与操行，使自己的体魄和身心得到完完全全的放松与舒展。”远方有如此之妙，焉能不爱?!

如今，在外做事多年。外婆早过世了，父母年事已高，亦不能常尽孝于前。自己的心思悄然变化着，远方有多远，远方有什么，一下子变得不太重要了。对于久居乡野的双亲来说，远方有他们的儿女，远方有他们的牵挂。不经意间，我倒成了父母亲的远方。

附：远方的魅力

## 刘仁前散文《爱上远方》读后

何小琴

初读刘仁前的《爱上远方》，潜意识里认为这不过是一篇煽情小调而已。孰料，读了不到百十来字，心里的感觉便悄悄变化了，那感觉仿佛雨润新畦，风过荷塘，胸中积郁为之一扫，真令人不知其情之何以怡、其神之何以旷。

刘仁前在文章开始连用了两个问号，他自己似乎对远方是未知的，但随着行文的渐深渐入，可以说他实在是心明如鉴。与其说这是为文的一种方式，毋宁说是他的一种心智。

年少路长，以为远方就是童年的外婆路，而远方的诱惑也仅仅是外婆篮子里硬糖果，玻璃球，小人书之类的“想头”。这种儿时的欢喜，为后文不动声色的哀恸埋下伏笔。

继而作者写了青春的躁动，通过辽阔的草原、巍峨的群峰、浩瀚的大海等物象描写，幻化出对远方一位巧笑倩兮、美目盼兮的姑娘的无限爱慕。远方充满了新奇和神秘。当然，正如作者所叹惋的，那只是心底的一个梦，遥不可及，不辨方向。

后来，作者离开了故乡，离开了慈爱的外婆，足遍大江南北，并感而成文。奇川大泽，历史云烟，物理细推，风味咂品，从而视野广阔，胸襟朗迈，深得远足之趣。作为一个整日与文字为伍的人，对“读万卷书，行万里路”应该是感触颇深的，所以刘仁前在行文中顺流扬波地来了一笔：远方有如此之妙，焉能不爱？

但在《爱上远方》一文的尾声，他仍然笔锋一转，情不自禁地说：

“远方有多远，远方有什么，一下子变得不太重要了。对于久居乡野的双亲来说，远方有他们的儿女，远方有他们的牵挂。不经意间，我倒成了父母亲的远方。”外婆已逝，不能承欢于膝前；高堂白发，难得尽孝于身边，远方此时已不是定指了，它的象征意义水到渠成地显露出来：远方是家人的牵挂，远方是游子的乡愁。

其实，离开了自己头顶的一方蓝天，背离了自己脚踩的一方土地，远方又何从说起。刘仁前的远方，是一种寄托，是他的笔底波澜，胸中气象，他的禀赋中对家园的操守已经浸溢在字里行间。我相信，不管走得多远，他的脚板底下一定会沾着一块故乡的泥巴，那是桑梓的精气神，更是他今后人生道路上一束警醒的灯光。

# 那一支赤豆冰棍

50年前，我成了一名正正规规的小学生。

我就读的小学，是我们村子上的那座不完全小学，我们那里人都叫“村小”。其时，没有小学六年级之说。我们村小，只有四个年级，两个复式班，分别为一、三年级一个班，二、四年级一个班。

教复式班，讲究动静搭配。课堂上只有一个老师，要照顾两个年级的学生，只能是一动一静。通常，老师会先给年级高的学生布置课堂作业。年级高一些的学生，自觉性相对要好一些，“静”要容易一些。之后，给低年级学生讲课。一堂课45分钟，只能先讲20分钟左右。否则，就会顾此失彼。老师给低年级学生讲授完了，布置当堂作业。低年级学生做作业时，老师这才给高年级学生开始上课。

这当中，一个任课老师，不仅要处理好“动”和“静”的搭配，而且要处理好低年级和高年级学生科目的搭配。复式班，低年级和高年级上课的科目是不一样的，多半是“语数”组合，要么是低年级语文，高年级数学；要么高年级语文，低年级数学（我上学时，数学课程叫算术课）。给复式班上课的老师，一堂课不仅要备不同年级的课，而且要备不同科目的课。对老师“弹钢琴”的水平，要求很高，得统筹兼顾才行。

实际的教学情形，比我现在讲述的要复杂得多。我们这些乡里“细猴子”，哪里是什么省油的灯啊，怎么可能安分守己听老师吩咐，让做作业就做作业，让安静就安静的？高年级学生与低年级学生之间，总会生出些事端来的。不是追逐打闹，就是杂物乱扔。凡此等等。任课老师，以一人应对几十之众，只能忙得猴子跳。

我一进村小，当然是在“一三班”，我的第一个任课老师，是位与我同姓的女老师。50年过去，刘老师在课堂上给我们讲过什么课文，做过什么算术题，完全不记得了，但刘老师对我们学生的疼爱，时至今日仍深深印在我的脑海。

我家住在偏离村庄中心较远的一处垛子上。从家里步行到村小上学，需要过一条宽大的乡河（在我的长篇小说《香河三部曲》里，我叫它“香河”），行人靠渡船过河。这里的渡船，属无人摆渡的那一种。过河时拽拉渡绳，上渡船，之后再拽拉渡绳，让渡船靠岸。如此循环往复。天气正常，我们这帮细猴头，拉渡绳，上船下船，都不费难。一旦到雨雪天，西北风一刮，河水针刺一般，用我们村民的话说，会“咬手”了，拽拉渡绳便是个颇为头疼的事情。

其时，每天和我一起上学下学的有三四个小伙伴，都是门上兄弟。这样的季节，谁也不愿意主动去拉那“咬手”的渡绳，但总不能不上学呀，我们几个只得轮流值渡，上学时渡绳谁拽拉，下学时换另外一人。每每这样的时候，刘老师都会护送我们回家。刘老师把我们三四个学生送过河，自己搓搓冻得通红的双手，跟我们再见时，我们几个只顾着为逃避一次被“咬手”而自感得意了。倒是家里的大人，有时候不放心，站渡口边等我们时，发现刘老师还专门护送，有些个过意不去。当老师轮饭轮到自家时，会尽心多做上样把中饭咸（当地说法，咸，就是菜肴之意思），以示感谢。

那时的村小，两三个老师，都是到学生家代伙。所谓代伙，也就是中午吃一餐。班上学生轮流安排，老师每到一家代伙，家长们都会尽心准备的。说起来，那个物质匮乏的年月，多半也就是比平常多炖个鸡蛋，到村上豆腐坊多拾几方豆腐之类，抑或是平时转漕沟、钻芦荡得来的鱼虾之类，舍不得吃，腌着呢，这时候拿出来烧煮烧煮。

刘老师是到我家吃过饭的，每次都会客气地丢下“伙食费”。每每这个时候，母亲和刘老师之间都会有一番推让与拒收，直至刘老师板着面孔对我母亲说，“仁前妈妈，你再不收，我决定不到你家来代伙了”。这话管用得很，母亲只好过意不去地收下刘老师的“代伙费”。我们一家都是盼望刘老师能在我们家“代伙”的。我们家这样盼望，别人家多半也一样盼望。家长们的心理，自己的孩子在人家手上“教”呢，谁家不指望着跟老师处好关系呢！母亲能做的，也只有从“自留地”上，多采摘些茄子、架豇之类，做出几样清爽的蔬菜来。

想来，算是对我母亲那份热心的回馈，刘老师竟然把我带到了她城里的家中做了一回客。说起来，我们那里距离兴化城也就十几里，近得很。然而，在刘老师没有带我到她家里做客之前，我是没有上过兴化城的乡下孩子。刘老师这样一“带”，填补了我人生的两个“空白”：一个是刚才讲过的，我终于到过兴化城啦！再一个就是，我吃到了生平第一根冰棍，而且是赤豆冰棍。

那是一个夏天的休息日，我跟着刘老师，走在深深的、长长的青砖铺的就城里的街道上，好奇地东张张，西望望，并没有把炎热的太阳放在眼里，不一会儿小脸儿晒得通红。刘老师掏出手帕给我擦汗，口中自我责备着：“带把伞就好了，看这小脸儿晒熟了。再坚持一会儿，等到备战桥，老师给你买冰棍儿好不好？”

“好。”尽管不知道冰棍为何物，我还是极顺从地答应了刘老师。因为刘老师，我才能来到这大名鼎鼎的兴化城，心里头已经很开心很开心了。

走过十几里乡路进城之后，见到的城里第一座水泥桥面的拱桥，便是备战桥。这跟我们乡下常见的木棒子桥、水泥板子桥，大不一样。见到外观造型漂亮的备战桥，才知道我们乡下桥的简陋、粗糙。那垂柳依依的海池河，那刷得洁白的河边护栏，那一杆杆装有灯泡的路灯，无一不让我着迷。要知道，我们家里都还没有电灯呢，兴化城里路上都有电灯，那亮起来肯定好看极了。最是那古色古香的“拱极台”，刘老师说是兴化历代文人雅集的地方。《论语·为政》有云：“为政以德。譬如北辰，居其所而众星拱之。”“北辰”即“北极”。“拱极台”之名由此。知道这些，当然是若干年之后的事情。也是在若干年后，我才知道，孔尚任曾在此修改过他那著名的《桃花扇》。

一到备战桥，卖冰棍的多起来。但见，备战桥上有人背着木头箱子，手敲“醒木”一样的东西，在箱子上发出“啪、啪、啪”的响声，同时边敲边叫喊着：“冰棍——卖冰棍——”

“买两支冰棍，要赤豆的。”刘老师拽住我的手，在一个卖冰棍的跟前停了下来，递给卖冰棍的四分钱钢镚儿。

吮吸一口赤豆冰棍，真的凉爽到心里去了。这也太神奇了，如此炎热的夏天，哪里来的冰啊？兴化城人，也太厉害了吧？

“怎么样，冰棍凉冰冰的，好吃吧？”刘老师摸摸我的头。

“好吃！”我一激动，差点儿就把这是我头一回吃冰棍的事说出来了。当然，话到嘴边，我忍住了。

让我十分懊恼的事情，还是发生了。

如此凉冰冰、甜津津的冰棍，我没舍得吮吸几口，竟然在我手中掉了。其实也不是我没拿好，是那冰棍掉了。只有那扁扁的棍子，紧紧捏在我的手上。刘老师听到“啪”的一声，转身看我时，泪水已经在我眼眶里打转了。

“傻小伙（我们那里乡民的叫法，跟儿子一词仿佛），你怎么不吃呢？你不吃，它不就化了？是不是以前没吃过冰棍儿？”刘老师不仅发现了我的心思，也发现了我藏在嘴边的秘密。

我无声地点点头。

“没事，第一次没有经验。老师再给你买一根。”刘老师用手帕给我擦掉眼角的泪，又擦擦我后脑勺的汗，把我搂到她的跟前，安慰道。

这时，我发现，刘老师的怀抱，跟我妈妈的一样柔柔的，软软的。突然，我很想妈妈了。

50 年过去了，在我的脑海里，一直活着一位剪着齐耳短发、面庞圆润的中年女性，她叫刘书萍，是我启蒙路上的第一位老师——我敬爱的刘老师！

刘老师，愿您在天国一切都好。那个叫仁前的小伙，又想您了。

# 外　婆

这是我自学习写作十多年来，一直想写的一篇文章；这是我自学习写作十多年来，一直想写的一个人物。无奈，我手中的笔太笨拙，写不出生动感人的文章，勾勒不出外婆那慈爱的形象，我只得把思念深藏在心底，让外婆永远活在我心灵深处。

——题记

外婆辞世已经十多年了。

这十多年间，每每想及她老人家，我的心底总有说不出的伤感和内疚。这十多年间，我竟没有在哪个清明去祭拜过她老人家一次。外婆坟头的草青了，我不知道；外婆坟头的草枯了，我亦不知道。凝望窗外淅淅沥沥的春雨，遥想通往老家的乡路，我的心在隐隐作痛，我的思绪早飞向了那铭刻在脑海里的小茅屋……

## （一）

"婆奶奶，鸡又下蛋啦，看唠，你来看。"我们那里的孩子，喊"外婆"都喊"婆奶奶"，"外婆"是城里人的叫法，我们乡里孩子喊不惯。婆奶奶就一只芦花大母鸡，可宝贝了。她常说，在她眼里，芦花母鸡算第二宝贝呢。那第一宝贝，当然就是我啰。婆奶奶听到我的叫喊，连忙三迭四地丢下手里的麻纱（一到夏天，婆奶奶总在小茅屋前的树荫下“吃”麻纱，把从麻秆上剥下的皮，在水盆里浸泡一定时辰之后，用手指甲一根一根剔成丝，再将丝一丝一丝连接起来，成了丝线便能派上用场了。这丝丝相连的过程，不仅手里有技巧，还要将丝在嘴里过一遭，这里头“吃”的技巧则更妙，纯粹民间绝艺。那时节，麻纱用场可多啦，家中做蚊帐，姑娘媳妇做上衣，均是上好的料子，挺括，透气。婆奶奶“吃”麻纱，可巧啦)，笑眯眯地说：“扣伙，今儿婆奶奶煮个蛋给你解解馋虫子。”“就是嘛，人家快馋死了。哎哟，大芦花都生这么多蛋啰!”婆奶奶从内屋墙角边的小泥罐子里掏蛋时，我望见罐子都满口了，便不由得惊奇地叫了起来。“真是小馋猫，你不是让婆奶奶攒钱给你买什么字典吗?”婆奶奶拉我到她身边，抚摸着我的圆脑袋，提醒似的说。“对啰，我要新字典!”我高兴得跳了起来。别看我个儿只有三拳头高，可我已经读五年级啦。前些日子跟婆奶奶嘀咕了一回，不想她倒放在心上了。“婆奶奶，你真好，真好!”我钻进婆奶奶的怀里嚷个不停。“哟，婆奶奶可不好，啬透了，不给扣伙煮鸡蛋。”“嗯，不嘛，大人不记小人仇。你说呢，婆奶奶?”我歪着圆圆的小脑袋问。“就你鬼。”婆奶奶用手指轻轻点了点我的额头，开心地笑了。脸上的皱纹都舒展开了，眼睛早眯得线丝儿似的。

## （二）

我婆奶奶家住在香河南村，我的家在北村，相隔一条宽宽的乡路，不远。我十一岁那年，就到南村前面的一个村里读五年级。其时，我们北村只有三个五年级学生，老师不好教，跟公社反映了，就让我们三个到那里上了。这下正好，我便每天都住在婆奶奶家，懒得回去。过些日子，母亲不放心，来望一回。母亲来时，总想带我回去。家里就我一个儿子，父母亲自然挺宝贝的。可我总是躲到婆奶奶的身后，“不，不嘛，我不回家。”见我死皮赖脸不肯走，母亲也无法，婆奶奶却“呵呵呵”地笑了。

其实，我从一生下来就没在妈妈身边多少天，是婆奶奶把我带到这么大的。听婆奶奶说，六几年，还很苦，我妈生了我，没奶，硬是婆奶奶用米粉把我喂大的。你说，我能不喜欢婆奶奶吗。

和婆奶奶住在一起，我放学回来也帮她做些轻巧的家务活计。夏天里，我最喜欢和婆奶奶一起下地浇水。婆奶奶的自留地上，要浇水的东西可多啦，刚栽的山芋苗、才割过的韭菜啦，栽种还没多久的茄秧子、辣椒秧子啦。我呢，顶喜欢爬到外公坟上浇黄瓜水。那嫩黄瓜，脆生生，甜津津，既解渴，又解馋。头几回，我浇水爬到外公坟头上，婆奶奶连忙喊：“扣伙，快下来，别把你外公的坟踩漏了，刮风下雨你外公会遭雨淋的!”我不懂坟怎么会漏，外公死了怎么还会遭雨淋。毕竟，我才十来岁。“婆奶奶，外公死了几年了，我怎么没见过?”我停住手里的活计问。“呆扣伙哟，你哪能见到他呢，你刚出世，外公就饿死啦。”婆奶奶说得轻描淡写的，“喏，这是你老舅的坟。多好的孩子，算盘打得好着呢，画个花呀鸟呀，可像啦，手巧着呢。可命薄，少年亡啊。和你外公一块死了。连病带饿，就死了。嗨，命薄!”婆奶奶自言自语，又浇起水来。

我不大晓得命是什么东西，然而，婆奶奶的话告诉了我，外公和老舅在我出生的那年就饿死了。我自然只能看到他们的坟了。后来，我又问过婆奶奶，我妈是老几，婆奶奶说是老九，最小。哎呀，婆奶奶养这么多孩子，青年时候还上江南、闯江北地混生活，那日子肯定够苦的啦。听说，在上江南的路上，还丢了一个姨娘给人家当童养媳，都是给穷日子逼的。如今，日子比从前好多了，婆奶奶却常叹气，“把他们一个一个领大了，像燕子一样，翅膀一硬，能飞便飞了，落得我一个老妈子守在小茅屋里啰”。她坐在茅屋门口“吃”麻纱时，就情不自禁地叹气。这刻儿，我便丢下手中的作业，钻到她跟前，“婆奶奶，不是还有我吗？我就和你住一块，老不走，老不走。”“是啊，是啊，要不是我们扣伙，婆奶奶连说话的人都没有呢！”婆奶奶搂着我，望着渐渐西沉的夕阳，脸上露出了欣慰的笑意。

每天上学，我总照应一声：“婆奶奶，我上学去啦！”婆奶奶也总要朝我身上细望一回，看衣服脏不脏，缺不缺东西，然后挥挥手，“去吧，好好学字！”她认为上学就是学字。有时事忙，脱不开手，她人不出屋，也要在屋里应一声：“去吧，别在外头待玩，不要下河，回来吃饭。”一放学，只要望见婆奶奶家那矮屋门，老远的，我便喊起来：“婆奶奶，我回来吃饭啦！”婆奶奶总是笑眯眯地把我迎进小茅屋。

## （三）

“唉，烫得这个样子，回去就这么几天，怎么就……”婆奶奶粗糙宽大的手，抚摸着我的额头，还想说什么，见父母亲守在一边脸色很慌，便掩饰着不再说了。

我是得了一种叫伤寒的病而住进县城顶大的医院里的。父母亲着急得不得了，尽管医生已经告诉他俩，孩子的病要治疗，但没什么危险。但他俩还是紧张得什么似的，非要婆奶奶赶来。从老家到县城要走几十里乡路，婆奶奶是旧时裹了小脚的，再加之上了年岁，从乡下赶来真是不容易的。

婆奶奶从竹篮子里端出一只“二郎盆”，递给母亲说：“桂子（妈的乳名），快把这盆鸡汤热一下，给扣伙吃点儿。”“妈，你把芦花鸡宰啦！”母亲疑惑地问。“嗨，问这做啥，还不快热了来。”婆奶奶冲着母亲直摇手。我躺在病床上，听得明白。鼻子一酸，泪珠直在眼窝里打转转。婆奶奶呀，你疼爱孙儿，把唯一的摇钱树给砍啦！我心里头直打战儿。“疼吗？乖扣伙，婆奶奶来看你、陪你，别怕。”她坐到床头，轻轻地，轻轻地，抚摸着我的头，我的手。此时此刻，我多想喊出来啊，可连续几天高烧，烧焦了我的嘴唇，烧哑了我的喉咙。我有许多许多的话，要对婆奶奶说，可半句也说不出来。我只得把她的手放在脸上来回摩挲。婆奶奶似乎望出我的心思，宽慰我说：“好孩子，值得的，开春又有新鸡苗子了，婆奶奶多养几只。”我点点头，使劲儿点点头，泪水滴落在婆奶奶慈爱的大手上。

## （四）

当我也像城里孩子那样把婆奶奶喊作外婆时，是我离开婆奶奶那矮小的茅屋，到外地读了几年书以后的事情了。

记得，当我拿着录取通知书，登上汽车，即将离开母亲，离开外婆的时候，心里酸酸的。父亲帮我背行李，他是要送我到学校的，这是我平生第一次出远门，还要独立在外地生活。母亲早哭得泪人儿似的，唯有外婆在劝母亲：“桂子，哭什么，扣伙争气，考上学校是件喜庆的事，哭什么啦。他这日子是定好的，就像嫁闺女一样，改不得的，留不得的。”

在母亲的哭声中，汽车发动了，我伸长脖子朝车窗外的母亲和外婆挥手，猛地，我发觉外婆眼角边亦已湿润了。我鼻子一酸，泪水止不住流了出来……

校园生活是丰富而充实的，然而我还是常常想起老家，想起我那慈祥的外婆。有时，在街上走，老远看到一个穿黑衣裳的老奶奶，总要把她跟外婆比较一番，有几回，竟误认成我的外婆了。见人家回过头，才不好意思地走开。每每读着家信，眼前便会浮现出那熟识的乡路，那穿一身黑衣裳，挎着竹篮子，手扶树干作拐杖的熟识身影，正颤颤抖抖地朝我走来……

然而，当我在外地读完一年书，高高兴兴准备回家过年，和我日思夜想的外婆团聚时，我跨入家门的头一件事，母亲噙着泪，给我戴上了白布帽子，父亲在家神柜前点燃了几张黄纸。“孩子，给你婆奶奶磕个头吧！”“什么？你们说什么？”我不敢相信自己的耳朵，“外婆过世啦！”父亲一字一顿地告诉我。这晴天霹雳，一下子把我打蒙了。我一下子瘫倒在地上，失声痛哭：“外婆，我要见外婆——”

母亲告诉我，外婆是被活活烧死在那个小茅屋里的。本来，外婆的头疼病，在母亲的照料下，已经好转。因为连续在外婆这里，好几天没有回家看了，父亲在公社开会，几个妹妹在家没人照应。母亲这才抽空回家的，可哪晓得母亲这一离开，外婆身边竟没有一人相伴。几个舅舅虽是与外婆住得靠在一起，但隔屋隔舍的，外婆又不肯到他们那里去住。事情偏偏在这一夜发生了，半夜里几个舅舅听到屋外有竹子的炸裂声，起身看时，外婆的小茅屋已火光冲天，一片火海。几个舅舅顾不得许多，扑进火海，可怎么也找不到外婆，等到大火扑灭后，他们才在茅屋的门口发现被烧蜷成一团的老人。此刻，那残存的茅屋柴门上赫然悬着一把锁。

我欲哭无泪，心中满是悲愤。我恨，恨那无情的铁锁；我恨，恨那不公的上苍；我恨，恨那些不孝的子女；我恨，恨我的无能。

## (五)

“外婆，您上哪儿去？带我去吧！”外婆穿一身黑衣裳，挎一只半新的竹篮子，蹒跚地从我身边走过，一句话没说。我拼命地喊她，叫她，拽她的衣角。怎么，难道不是我日夜思念的外婆吗？难道不是疼我爱我的外婆吗？“外婆，你怎么啦，啊，带我去吧！”

当我翻身坐在床沿上，神情恍惚地望着从窗外投进来的淡淡月光时，这才意识到，刚才是梦。外婆已经去世了。像许许多多的人那样，默默地来到人世上，又默默地离开了这个世界，一切都无声无息。外婆的辞世，结束了她有如收获时漏掉一粒麦子一样不会惹人注意的一生。可在我的心里，却是收获时节遇到了大灾难。

夜是静静的，静得连院墙角缝隙里无名昆虫的鸣叫都变得异常刺耳。我慢慢站起身来，踱着步。月亮渐渐西去了。天上有流星飞逝。“又是什么人死啦。”我心里想。外婆曾说过，天上落一颗星地下就死一个人。我抬头在天上寻找着，希望能找到外婆在天空的位置。忽然，我眼前出现一片星海，外婆身穿黑衣裳，挎着小竹篮子，从天空飘然而至，正对我笑呢！眼睛都眯成线丝儿啰。外婆，是你来了吗？我伸出双手，……那矮小的身影，飘飘悠悠地，飞进了我的心里。

# 第一次相见

还记得你我第一次相见时的情形吗？那一幕已经深深地刻在了我的脑海，忘是忘不掉了。无论时间怎么推移，无论你我怎么改变，我是不会忘记的。我坚信。

茫茫人海，芸芸众生，让你我如此亲密无间，我只能感谢上苍的眷顾。是现在年岁一年大似一年的缘故吗？近来总是想起你我第一次相见时的情形。其实又何止是想起第一次相见时的情形呢。

很多很多年之前，给你听音乐的事，你还记得吗？那时候，收录机还是一件奢侈品呢。说来，那时你还是小了一些，未必能听懂那些世界名曲。原本就缺乏音乐细胞的我，尽管比你大好多，其实也不一定听得懂的。但我俩还是坚持听了好一阵子。见你每次都那么安静地听着收录机里的磁带，你不知道我心里有多高兴了。

和尘世间许许多多的人一样，我也有点小私心。让你去学琴，希望能提升提升你的素养和气质。女孩子嘛，如果穿着一袭长裙，坐在一架钢琴前，用那纤纤玉指弹奏出一曲曲如行云流水的旋律，那该是多么美妙且让人羡慕的一件事啊。我当然希望你能成为坐在钢琴边的女子。尽管那时，我还买不起钢琴，只能给你一架电子琴。还记得为了一首练习曲，我狠心地敲打过你的手指吗？真的对不起，我怎么会不知道，手指对弹琴者是多么重要呢，可我一着急还是敲打了。那时一定很疼吧？

是不是我太贪心了，学琴之后又让你学绘画、舞蹈。当你穿着一袭红裙，和你的舞伴在台上随着拉丁舞的旋律翩翩起舞时，坐在台下的我别提有多骄傲了。当你的绘画作品在一次比赛中获奖，我捧着那大红的证书，内心喜滋滋的。可是，因为我的工作变动，你跟着我离开了家乡，来到陌生的城市，就再也没能把你喜欢的绘画一直学下去。至今想起来，我总有一份内疚。

好在，你总能给我带来惊喜。一不小心，你的一篇散文竟然在上海的《青年报》发表并且获得了一等奖。那么多人为你高兴，我当然更为你高兴。于是，希望你能成为一个作家。这样你我就有了共同的爱好，不是能走得更亲近些么。你每每有作品发表，我要做的第一件事情，就是把你的文章从报纸上剪下来，贴到一本大大的厚厚硬面抄上，然后时常一个人独自欣赏，读着读着心底便有了一点点小自豪。

然而，你并没有能让我内心的这点小自豪延续下去。自从你去了新西兰，我再也看不到你的散文了。不仅是看不到你的散文，就连你的人也不能想见就见，你我之间见面一下子少了许多。算起来，你一个人在新西兰生活也有了四年多了。也没有去看望过你，也不知道你在那边是不是有什么不顺心的时候。每次和你电脑视频时，我总是小心翼翼地避免那些容易让你产生想念的话题。

终于有一天，你还是哭着打来电话，说你一觉醒来，周围没有一个熟悉的人，何止是没有熟悉的人啊，根本就没有其他人。整座房子里就只有你一个人。我记得，那是春节刚过不久的某一天，你的室友们回国尚未返回，那年你又是一个人在新西兰过年。已经是第四个年头啦。接到你的电话，我再也控制不住自己的情绪，结果你在电话那头哭，我在电话这边哭。

我亲爱的女儿，爸爸今天要告诉你一个小秘密：你知道吗，自从第一次送你去新西兰之后，爸爸再也没有送过你，哪怕是送你到我们家楼下，我都没有这样做过。因为每次看着你关上车门，从车窗里朝家人们挥手告别时，站在楼上走廊边的我，泪水就会悄然而至。我真的不想让你看到爸爸因为你的离开而流泪，更不想惹你伤心，让你流着泪走。那样的话，你一个人在新西兰又得好多天才能缓过来，我怎么舍得让你因为我而难过呢。

按照原本的计划，再过几个月，你就该结束学业回来了。可前几天，你突然告诉我暂时不回来了，而且这样一来新年的春节又不能够在家过了。还记得吗，我曾经跟你说过，一个人就是在一次一次与亲人的离别中慢慢长大的。现在看来，2013 年的春节，你我又要在分离中度过了。为你有勇气继续在外打拼而高兴的同时，爸爸内心隐隐地有些失落。你毕竟是长大了，再也不是刚出生被我裹着小被褥，放在收录机跟前听音乐的婴儿了，再也不是弹着练习曲老走神的小姑娘了，再也不是为讨我开心而写作的中学生了。

亲爱的女儿，算起来，从你我第一次相见到现在，二十几年过去了。我的生命里能有你这样一个女儿，内心唯有感激。感谢上苍的恩赐，把你送到我身边，让你我有缘成为父女。不论你在哪里，爸爸都会用此生好好爱你的，我亲爱的女儿！

# 深藏在墙缝里的爱恋

1982年3月10日，1990年8月1日，杨开慧烈士文稿从板仓杨开慧故居两处墙缝里分别被发现。文稿让我读到了一个血肉丰满、充满深爱的年轻妻子的形象。有感于此，撰短文一则以纪念。

——题记

你带着三个孩子，在通往外面世界的乡径上，等候守望得太多太久。乡邻们都知道，你在等候守望着一个熟悉的足音在乡径上响起，那该是震颤大地的足音，敲开你心扉的足音。你在守候盼望一个熟悉的身影在你的视野里的出现，那身影该是称得上“伟岸”二字所赋予的词语意义，在你而言，更为要紧的不是“伟岸”，而是宽厚与温暖。是的，没有人能比你更深切地感受他胸膛的宽厚与温暖。

你等待着，守望着，满天的星光为你做证，皎洁的月儿为你做证，初升的日头为你做证，漫天的朝霞为你做证，风可证，雨可证，冰霜飞雪、电闪雷鸣都可以做证。还有啊，还有乡径上绿了又黄、黄了又绿的村树，还有夜晚床头长亮不熄的灯盏，还有老母亲那疼爱而辛酸的目光。

一切如在昨日，清晰储存于自己的脑海。初次的相见，是在自己十三岁那年吧。其实，也还算不上相见。你只是与父亲随行于一师校园时，看见了一个口吐湘潭语音、裸着上身洗冷水澡的青年学子。没有目光的对视，更没有言语的交流。可，对于他的“改诗赠父以明心志”，“投笔从戎湘军秀才”之林林总总，你早就铭记于心矣。爱的种子，难道那时就已经播下了？

确如他说，他已经等了你好多年。等你从一个黄毛小丫头，长成了亭亭玉立的少女，完成了“丑小鸭”到“白天鹅”的蜕变。然而，你俩的爱和恋从一开始，就不是一帆风顺。你是名师之女，他是少年英才，有追求者再正常不过。这种“正常”，给彼此心仪已久的你俩，还是带来了青春期的苦恼与烦闷。

过了差不多两年的恋爱生活，忽然一天一个炸弹跌在我的头上，微弱的生命，猛然被这一声几乎毁了！但这是初听这一声时的感觉。他究竟不是平常的男子。她爱他，检（简）直有不顾一切的神气；他也爱她，但他不能背叛我，他终究没有背叛我，他没有和她发生更深的关系，反而因此他的心盖，我的心盖，都被揭开了……

我看见了他的心，他也完全看见了我的心【因为我们彼此都有一个骄傲的皮（脾）气】，那时我更加唯恐他看见了我的心（爱他的心）。他因此怀了鬼胎，以为我是不爱他，但他的骄傲脾气使他瞒着我一点都没有表现。

自从我完全了解了他对我的真意，从此我有一个心意是，我觉得我为我母亲而生外，是为他而生的。我想象着假如一天他死去了，我母亲也不在了，我一定要跟着他去死，假如他被人捉着去杀，我一定要同他去共这一个命运！

1929 年 6 月 20 日

是什么让你见到了他的真心？是什么敲开了你的心扉？

堆来枕上愁何状，江海翻波浪。夜来天色总难明，寂寞披衣起坐数寒星。晓来百念都灰烬，剩有离人影。一钩残月向西流，对此不抛泪眼也无由。

他的一首《虞美人》，当然还有关键的一句，“献给亲爱的霞妹”。于是，你毅然决然地走出了家门，选择了和他生活在一起。没有三媒六证，没有花船花轿，没有喜庆的婚礼，你一个小女子，只身一人，陪伴你的只有一只小小的手提箱，你就这样把自己变成了他的堂客。然而，正如你自己所言，他究竟不是平常的男子，在做着极不平常的事情，自然也就不能做一个平常的丈夫和父亲，留给你更多的是思念和等待，苦苦的思念，久久的等待。

无论怎样都睡不着，虽然是倒在床上。一连几晚都是这样，合起来还睡不到一晚的时晨（辰），十多天了……总是不见来信。我检（简）直要疯了！我设一些假想，恼（脑）子像戏台一样，还睡什么觉？人越见枯瘦了。

我想假使是他死了，我的情丝将永远缚在他的尸体上，不会放松，可惜他还不知道我这番情景。

我疑惑我的肚子里已经有了小毛。在这时，我感到一种爱惜了。连那几个大的，连那他写的字，只要是他的，一概变得比珍宝都还要紧些。太难过了，太寂寞了，太伤心了！这上日子我检（简）直想逃避它。但为了我这个小宝，我终于不能去逃避。

他终于有信来了，我接着喜欢得眼泪滚下来了。然而，他那生活终归是要使我忧念的。我总是要戴（带）着痛苦度日。又许久没有信了，不眠症依然来到。只有五十天，幸喜天保佑我接到那贵重的信。

我必定要打起精神，把一切烦恼丢开。不然，将来小孩怎样生活？并且，母亲跟着受苦。虽然可悲，却也可喜，我要独立来做人了！

我怎怎（总总）都不能不爱他，我怎怎（总总）都不能不爱他！假使他是爱我的时候，他真是个有福的人，我在这样爱他，我想。

我的爱人，我只唯恐他不爱，至于悲伤怨抑。天哪！给我一个完满的答复罢！

1930 年 1 月 28 日

思念和等待，让你心力交瘁。如此这般的苦苦思念和长久的等待，当然是伤人的，有时甚至让你到了崩溃绝望的边缘。你毕竟还是太年轻一些，自然有着通常女人家身为妻子的那份念想。你的精神陷入了极度的空虚与烦闷之中：“唯念远行人，烽火连数月，何故断音信，且不论安危，总该知存亡，一日复一日，惊惶与日增……”

你想到了抛家弃子追寻他的足迹，可是家门难离。虽然，老母亲已经答应了你的请求，孙嫂也为此剪掉了及腰长发。可是，孩子们一声声啼哭，令你揪心的疼。原本早已插上翅膀的脚步，一下子沉似千斤，移不开半步。“我的孩子——”年轻母亲的呼喊，真可谓感天动地。

想着他的嘱托，你让大儿随母姓进了学校读书。自己则继续着那份绵延不绝的相思。“站在门前，心里跑到他那里去了。好像看见他带着一种凄黯的神色在那里。我的心里叫着，我的人呀，我要吻你一百遍呢，你的眼睛，你的嘴，你的脸，你的头，我要吻到，你是我的，你是属于我的。”

现实还是残酷一些。对于一个年轻妻子来说，你从弟弟的来信中得知他的“生活已经有人照顾”，并且让你不要挂念。其情形再明了不过。失控的泪水，再次布满你的脸颊。那过往的点点滴滴，历历在目。想想自己怎么不心酸呢，时隔不久，还为他过了一次生日，让他的三个儿子吃上了他心爱的红烧肉。在自己想着吻他“一百遍”的时候，他却不爱自己了，难道说连三个可爱的孩子也不爱了吗？这往后她该怎么办，三个孩子该怎么办？一种撕心裂肺的痛遍及全身，闻着枕上那个男人特有的体香，你的心在滴血，在哭泣。

你真是一个奇女子，这样的变故也不能改变你的爱恋。你选择了从他的“大我”与“小我”之中理解他，你选择了从他所做的事业大局中谅解他。你劝慰自己，从相识、相爱、相伴到相知，他哪个时候不把霞妹放在心上？只要他在身边，霞妹何时受过一丁点儿委屈？日子相对好的时候，他都没有娶小纳妾没有变心，眼下日子如此艰难，斗争形势如此险恶，他这样做只有一个可能，不得已。

这种艰难与险恶，很快就让你感同身受了。被捕入狱并没有让你有太过惊讶，在那血雨腥风的岁月，多少仁人志士抛头颅洒热血，在所不惜。在狱中，敌人用三个孩子来诱惑你，用他有“新人”来刺痛你。你选择了教自己“英仔”在狱中的墙壁上写下了“人生自古谁无死”的诗句，慷慨赴死，献出了年仅 29 岁的生命。

终于，你苦苦思念、苦苦等待的人给你音信了。“开慧之死，百身莫赎。”当然，时隔二十七年之后，他还为你写下了那首著名的《蝶恋花·答李淑一》——

我失骄杨君失柳，杨柳轻飏直上重霄九。问讯吴刚何所有，吴刚捧出桂花酒。寂寞嫦娥舒广袖，万里长空且为忠魂舞。忽报人间曾伏虎，泪飞顿作倾盆雨。

## |第四辑|

# 想起了王勃

# 天安门前留个影

《大众摄影》曾搞过一个征集天安门前留影老照片的活动，据说响应者众多，影响颇大。我倒是也有一张这种类型的照片，是我第一次到首都北京时所拍的，距现在亦有18个年头了。

18年前的我，正是一个风华正茂的青年，确切地说，那年才24岁，是一个乡镇的团委副书记。因为喜欢写点东西，在《中国青年》举办的小说处女作征文中拿了个二等奖，我到北京是参加《中国青年》杂志社在人民大会堂的颁奖活动的。

平生第一次来到被誉为全国人民心脏的北京，真有一种诚惶诚恐的感觉。见到了平时只能在歌中唱到的天安门，心中真是有一种莫名的冲动。那黄琉璃瓦顶的巍峨城楼，全然是一种金碧辉煌的皇家气派，叫人不可小觑。听杂志社的同志讲，天安门原名"承天门"，始建于明永乐十五年，也就是公元1417年。"承天门"，寓意帝王"承天启运，受命于天"。直至清朝顺治八年，也就是公元1651年，方改称"天安门"。

天安门，主体城楼为上、下两层，上层是重檐歇山式，净一色黄琉璃瓦为顶。东西方向阔九楹，南北进深五间，取"九五之尊"之意。正面门窗为菱花形图案，四周汉白玉栏杆和栏板均雕有莲花宝瓶图案。城楼前有条外金水河，架有7座汉白玉雕栏石桥。中间最宽的一座叫"御路桥"，听这名儿便知道，是专为皇帝而设的。既然有为皇帝设的，自然也会有为王公大臣们设的，于是"御路桥"两侧便有了"王公桥"

“品级桥”，而黎民百姓只能走“公生桥”。金水河两岸，最为引人注目的便是那举世闻名的两座华表了。连同须弥座，华表通高近 10 米，上面刻满了盘龙与云朵，巨柱顶上置有云板、承露盘和石兽。据说，这石兽暗含着观皇帝出入之意。细心的游人便会发现，前华表上两只石兽背北面南，故叫“望君归”，后华表上两只石兽背南面北，故叫“望君出”。在明、清两代，天安门是皇帝颁发诏令的地方。若是遇有新帝登基、大婚之类，都得启用天安门；若是皇帝御驾亲征或大将出征，均在天安门前祭路、祭旗，以求出征能捷报频传，凯旋而归。天安门对于古代的读书人亦是极为重要，若是能被“金殿传胪”，那将是读书人一生之荣幸，那考取前三名者还要身披红绸，骑马游街，以谢皇恩。天安门，这个原本只有皇帝能够自由出入的所在，如今亦对游人开放了。这恐怕是给天安门定下森严等级的帝王们所无法预料的。

如今的天安门，已经成了我们国家的象征，并且作为国徽图案的主体而被人们所喜爱。因而，大凡到北京来的人，无一例外都要在天安门前留个影的。我端详着自己身着黑色呢大衣，穿咖啡色长裤，戴一副半框架黑色眼镜，围一条米黄色围巾的老照片，仿佛又回到了 18 年前的北京天安门前。

# 走进上屋场

经历了几十个小时的长途颠簸之后，我和我的同伴们终于来到了心中久久向往的圣地——上屋场。这可是开国领袖毛泽东的故居，这里是一代伟人留下最初足迹的地方。当我置身于上屋场，我仿佛听到了一百多年前那一声不同寻常的婴啼，似闪电划破长空，洞穿了一个多世纪，时至今日，仍恢宏嘹亮，不绝于耳。

上屋场位于韶山冲中心，韶峰北麓，韶水南岸。听人说，韶山冲像是朵怒放的君子兰，毛泽东主席的故居便是兰花的花蕊了。站在上屋场，环视四周，不难发现，是韶山给予上屋场以拱护。听导游何小姐讲，逶迤的韶山山脉一支往东后再往北，绵延至上屋场，其降脉为象鼻山；另一支往西后再往北，至滴水洞盘桓曲折，忽然笔直往东，其状幻成一摆尾昂首小龙，其龙首当地人称为小韶山。正是这象鼻山、小韶山，给了这原本极平常的上屋场以灵气。也正是因为有了“象鼻”“龙首”，上屋场才被堪舆家视为风水绝响。何小姐说，细心的游客立于南岸塘堤之上，往西，便能看到灵气飞动的龙首——小韶山，而那自滴水洞方向隐隐而来的青青一线，便是龙身了。令人称神的是，小韶山下竟有一塘，名曰“龙眼塘”，其状浑然一只龙眼。这当儿，再回首象鼻山，但见象身在数里之外隆起，象鼻则向西延伸，恰似一头巨象在贪婪地畅饮着韶河之水呢。

在熙熙攘攘的游人步入上屋场之后，我则仔仔细细端详着她，反反复复打量着她。这究竟是怎样的一个所在？上屋场，这栋坐南朝北，呈凹字形的，左右对称的普通农舍；上屋场，这座无论外部造型，还是建筑所用材料都极普通的农舍；上屋场，这座与当年韶山老百姓居室完全一样的，被称为“一担柴”式的普通农舍，蕴藏着多少神秘的过去，记载着多少极不平凡的历史？这里的每一帧照片，每一件家具……都有着怎样丰富的蕴藏，又有着怎样珍贵的印记？

从故居正门进去，南墙有个神龛。据说，毛泽东主席在阔别故乡32年之后，于1959年6月26日重新踏进自己的家门时，曾对着神龛作了揖，说，这是他小时候初一、十五工作的地方。又说，他小的时候相信过迷信，现在不信了。堂屋四扇门，左、右两边的门通往厨房和邻居家。前面连着退堂屋，是个供人洗漱的地方，一线蓝天，几枝翠竹，内设锅灶、水桶。由此可入得厨房，房侧有一弧形土灶，为韶山农家所常见，上有一口饭锅，两口菜锅，另嵌有一只瓮坛，在我的老家叫汤罐子，所用原理及功效均一样。在灶旁，有深尺许的四方形火塘，上悬竹木质勾火筒，供挂水壶烧茶之用。从文字说明中我得知，1921年正月初八，就是在毛泽东母亲文七妹生日的那天晚上，毛泽东便是在这个火炉旁教育众弟妹舍小家为大家，投身中国革命的。由厨房往东为横屋，想来跟我们那儿的堂屋、客厅差不多，摆有八仙桌之类，是一家人吃饭谈论家事的所在。接着便是毛泽东双亲的卧室，木质天花板，靠南是一张四方形的架子床，床上用品为一色青：青布蚊帐，青色床单，青暗花被子。东墙上挂有毛泽东双亲的相片，其母文氏，脸颊饱满，目光沉静，十分宽厚慈祥；其父毛顺生，戴绅士帽，蓄八字须，浓眉大眼，神情冷峻，显得坚毅刚强。导游小何告诉大家，毛主席1959年那次回故居曾在双亲像前站立了好久。毛主席说，相片是1919年春天，他母亲到长沙治病时在蔡和森家里照的。还说，过去医术不高明，否则他父母是不会死的。与父母卧室相邻的，是毛泽东少年时的住房，黑架子床，床边挂着一盏桐油灯，是少年毛泽东读史书，学知识，探求真理的所在。据说，少年时期的毛泽东就是一个志向远大的人，1910 年秋，年仅 17 岁的毛泽东离开韶山外出求学时，就曾给他父亲抄录了一首言志诗，“孩儿立志出乡关，学不成名誓不还；埋骨何须桑梓地，人生无处不青山”。这间住房，毛泽东只是每年寒暑假才回家小住。也就是在这间屋子的顶楼上，1925 年 6 月，毛泽东曾秘密召开会议，建立了韶山第一个党支部。由毛泽东的卧室往里走，便可见一个长方形的天井，四周是走廊。天井东为敞开的存放水车、犁之类农具的地方，东南角是个碓屋，摆有碓坑、木杵和一架筛米用的风车。据说，毛泽东家能成为一个殷实之家，跟家里舂过米有直接联系。天井南走廊边谷仓、牛栏并排，牛栏过去有一扇大门通后山，平日里，砍山柴，上山放牛之类，皆从此门进出。西南角有一小屋，为毛泽覃的卧室，天井西头是个猪栏。而毛泽民的卧室在整座房子的最后，靠山边，由此出去便可见竹木葱茏，有高大挺拔的楠竹，墨绿色的松树，粗壮的杂木，等等，还可听溪水叮咚，无名小鸟的和鸣。

从上屋场出来，我心头有说不出的凝重，是对一代伟人的景仰，是对伟人一家的崇敬，还是对心中圣地的眷恋……我无法用语言与文字来表达。眼前的毛泽东故居，林木郁郁葱葱，溪水潺潺有声，俨然一座林人住所，全然置身于世事之外，是如此的超脱，如此的安谧。是啊，仅是伫立于门外，哪能了解里边所蕴藏的一切，是那样的博大，是那样的深邃，是那样的超凡，是那样的源远流长。即便是沿着导游所指的线路走过之后，谁又能说了解了多少呢？面对上屋场，我是那样浅薄，那样无知；面对上屋场，我是那样渺小，那样微不足道。上屋场，你给我的是庄严，是肃穆，你是蕴藏丰富的宝藏，你是我心中的圣地。

# 千岛湖与家乡垛田

一登上千岛湖的游艇，置身于碧波荡漾的千岛湖，观赏着湖中那一座座岛屿，令我仿佛是回到了遥远的故乡，荡舟于有千垛之称的垛田。而从千岛湖回来之后，再游家乡的垛田，面对水上那一个个土垛，又恰似见到袖珍的千岛湖，有一种故友重逢之感。

“湖经洞庭阔，江入新安清。”读唐代诗人孟浩然的诗，脑海中便浮现出澄碧清澈的新安江，亦令我想起那新安江上游的千岛湖。位于浙江淳安、建德两县之间新安江上游的千岛湖，原是建新安江水库而形成的。据说，湖中常见的岛屿只有几百个，要到水库的水位低时，才可见上千个岛屿。原来这千岛湖，也有名不副实的时候呢。然而，这并不影响人们游湖观赏的兴致。

乘艇游于湖上，你便可亲身感受一下千岛湖水特有的品性。这千岛湖水，不同于漓江水之幽静，丽江水之清纯，西湖水之妩媚。你从千岛湖清澄的水体中，领略到的是一种清新，一种和谐。游艇在湖中行驶，但见那星罗棋布的岛屿，好似漂浮在湖面一般，这座向游艇靠近了，那座又离游艇远去了。游艇穿行于一座座岛屿之间，交错而曲折，扑朔而迷离。可谁也说不准，说不定游艇绕过一座青青的岛屿之后，湖面会一下子开阔起来。难怪有人面对千岛湖发出“水回几讶船无路，山开又见一重天”之感慨。

说起来，家乡的垛田与千岛湖还真挺相似的。那原本颇为开阔的水面上，一个一个的土垛，长满了碧绿的蔬菜。荡一叶小舟穿行垛间，眼前的七沟八汊，曲折蜿蜒，给人一种纵横交错、如入迷阵之感。据说，乡贤施耐庵就是受垛田的启发，《水浒传》里才有了水泊梁山。自然，家乡垛田的水是不好与千岛湖水相比的。然而，垛田亦有千岛湖比不了的，那便是垛田菜花。每年清明前后，油菜花开的时节，千垛之上，垛垛金黄，恰似一盆盆金花，组成了硕大无比的花篮。你可别小看了这垛田菜花，它吸引了许许多多的国外游客，更吸引了众多的当今文化名人。在家乡，我曾接待过写出了《县委书记的好榜样——焦裕禄》这样经典之作的穆青，当时已是70多岁高龄的穆老，面对黄灿灿、金闪闪的垛田菜花，忘情地举起了照相机，不停地按动着快门。我也曾接待过著名作家贾平凹，当他乘快艇穿行于千垛之间，犹如置身于金色的海洋，观赏着金黄灿烂的菜花，嗅着那一阵阵沁人肺腑的芳香，平凹先生可谓是感慨良多。在他看来，有如此充满灵性的垛田，施耐庵写出那部不朽的《水浒传》也就不足为怪矣。

有了游千岛湖的经历，有了对家乡垛田的认识，在我眼里，千岛湖便是放大了的垛田，垛田则是袖珍式的千岛湖。千岛湖与家乡垛田，让我从内心感叹大自然造化之神奇，变化之无穷。世界之大，不知还有多少奇景异观在等待我们去发现呢。

# 想起了王勃

落霞与孤鹜齐飞，
秋水共长天一色。

此句，烂熟于心久矣。想来，亦由于此句之故，我记住了位于“初唐四杰”之首的大才子王勃。

今岁暮秋初冬时节，我有幸去了一趟南昌，登上与黄鹤楼、岳阳楼并称江南三大名楼的滕王阁。说实在的，韩愈老先生所言“瑰伟绝特”，我是一点儿也没看出来。听人讲，眼前的这座滕王阁，为 1989 年 10 月第 29 次重建。虽说是仿宋建筑，亦不失“碧瓦重檐，层台叠翠”之风范。然，给我的感觉却是活脱脱一个假古董，叫人提不起神，起不了兴。环顾四周，这滕王阁竟然与一座座具有现代气息的高楼相连，可以说是氛围全无。登楼远眺，原本颇为开阔的江面已被破坏，江中出现了一道长长的堤坝，颇似原本面容姣好的女子脸上多了一道疤痕，好不叫人可惜。再细看，眼前的江水渐枯，且已混浊。真可谓，秋水长天之景难现，落霞孤鹜踪影渺然。不知韩愈老先生见了如今的滕王阁，还会不会有“临观之美”“江南第一”的盛赞了。

楼阁没有什么好看的，景色也没有什么好看的了。倒是阁中宋代大文学家、大书法家苏轼手书《滕王阁序》吸引了我。“豫章故郡，洪都新府；星分翼轸，地接衡庐……”欣赏着东坡居士典雅的书法，咀嚼着这脍炙人口的文字，自然而然地令我想起了英年早逝的王勃。说实在的，这滕王阁得感谢王勃，这滕王李元婴更应感激王勃。正如王夫之在《江行代记》中所说“滕王阁……徒以王勃一序，脍炙千古！”

关于王勃于重阳日登上滕王阁作序的神话般的故事，最早的记载怕要算王定保的笔记《唐摭言》了。说，王勃14岁那年从山西动身，万里迢迢去看望遭贬至南海交趾为官的父亲。王勃坐船逆流而上，行至江西与安徽交界的马当山，风浪大作，船不能前行，只得借山庙避风。待王勃观瞻山庙回船时，忽见一须眉皓然、貌若神仙者，坐于巨石之上，遥问：“来人可是王勃？明日重阳，滕王阁高会之时，若往而作文，定当不朽。”王勃正大惑不解，老者笑道：“尔但去，吾当助清风让尔翌日早达洪都。”言罢，祥云四起，瑞气盘旋，老者便飘然而去。当王勃赶到洪都府时，阎都督果然开宴，遍请江右名儒，说是要请各位才子为滕王阁作记。被请的才子们知阎公之婿前一天晚上就撰好了序文，因而一再推迟，不敢应承。谁知轮到王勃时，王勃欣然受之。阎都督大为不悦，退而更衣。王勃哪管这些，长饮之后，执笔而作，文思泉涌，一泻千里。小吏跑步报所写诗文，前几句，都督均不以为然。当报到“物华天宝，龙光射斗牛之墟；人杰地灵，徐孺下陈蕃之榻”，都督大喜。再听到“落霞与孤鹜齐飞，秋水共长天一色”一联，阎公拍案而起，“此子落笔如有神助，天才也”。在众人敬羡之际，王勃早已不辞而别。此时，阎都督发现结尾诗的末句空留一字未写，众才子见是“槛外长江□自流”。于是，有猜“独”的，有猜“船”的，有猜“水”的。阎都督均不满意，吩咐下人快马追赶王勃，以千金而求一字。待下人几经奔波，从王勃那里得字而回时，都督满心喜悦，问道：“究竟何字？”下人答道：“字已写在我手心，大人请看。”谁料想，下人在都督面前伸开手掌，竟空空如也。“千金难买一字啊！”都督正在感叹，猛一想，莫非是一“空”字？“阁中帝子今何在，槛外长江空自流。好一个‘空’字！万千感慨，尽在一字之上。”众才子无不称奇。遥想当年，王子安在滕王阁上笔走龙蛇，挥洒自如，出神入化，是何等的风流倜傥，又是何等的洒脱狂放。王勃绝没有像如今的某些“大师”“泰斗”之流，枉担了“初唐四杰”的虚名。

此传说，倒也不只是在民间流传，亦有见诸文字的。宋人李昉等《太平广记》《唐书 · 文艺 · 王勃传》中对王勃作序，阎都督赏诗之事均有颇为详细的记载。王勃出身于书香世家，他与两位哥哥皆有“神童”的美誉。《旧唐书》说：“勃六岁，解属文，构思无滞，词情英迈。”相传，王勃十岁那年的重阳节，与其父郊外赏菊，不假思索便以“中秋赏月，月浸白蘋如玉盏，盏尽浸月”一联，对上了父亲“重阳游郊，郊野黄花如金钉，钉满野郊”的上联。而由关云长而引发的父子之对，则更是精彩绝伦。父亲见那关帝，左手托三绺长须，右手握青龙偃月刀，秉一炷红烛，读一部《春秋》，后侧有一黑面周仓，牵赤兔马以待。于是生出一联：“捧青须三绺，对青灯读青史垂青名手中握青龙偃月。”王勃正在看那匹泥马，忽听得父亲出的考题，眼睛一亮，便脱口而出：“芳赤县千古，秉赤面搁赤心输赤胆胯下骑赤兔追风。”此联一出，向来以严厉著称的父亲也连声道：“好，好，好！”

说来甚是可惜，有如此才情的王子安，竟是命运多舛多难。公元675年，他竟在赴交趾的途中不幸溺水受惊，时隔不久，便结束了极其短暂的二十六年人生。这给唐代的文坛带来了怎样的悲哀？这给后来的华夏文化，留下的又是怎样不可弥补的缺憾！虽说，对王勃历来也是褒贬不一。即便是他那天才联句“落霞与孤鹜齐飞，秋水共长天一色”，也有人认为是仿庾信《马射赋》中“落花与芝盖齐飞，杨柳共春旗一色”所得。我想，即使是仿，王勃之句与原联已是不可同日而语矣。

王勃的“落霞秋水”一联，状及滕王阁万千气象，周遭景物，透视出诗人开阔的眼界，高远的意趣，博大的胸襟，这是庾信“落花杨柳”一联无法比拟的。

叙说王勃生平种种的小说、戏曲、电视剧之类不少。我从南昌回来不久，就在中央电视台电影频道看过一部描写王子安的电影，很受感动。不是为别的，电影中，“落霞”竟成了诗人十分心爱的女子，不仅貌若天仙，而且精通音律，纤纤玉手间流淌出的是美妙醉人的乐曲，好不叫人爱怜。结尾处，“落霞”竟又与“孤鹜”一起飞向蔚蓝的苍穹，何等美妙，何等浪漫！然而，再看看在苇丛中奔跑的诗人，是多么的凄惨，多么的悲凉！王勃，你让世人记住了滕王阁，而滕王阁也让人们记住了你的凄凉。一想起这些，心头不免便平添几多感叹，几多忧伤。“阁中帝子今何在，槛外长江空自流。”当年年少才高的王勃，如今又在何方？那滔滔不绝的江水，是你发出的感叹吗?!

# 庐山“三石”

游庐山，时令不佳，不仅未能见到她如梦的春色，如滴的夏韵，如醉的秋意，而且处于冬季亦无法领略她银装素裹之后如玉的冬景。虽说已是严冬，山风如刀，无奈没有那纷纷扬扬的大雪，叫人怎么也提不起精神来。倒是导游小姐带我们至半山腰的一座饭庄用午餐时，令我有了意外的发现。但见贴着山脚的一堵矮墙上晒了好几箩极小极小的鱼，粗一看，极像我们家乡一带常见的“亮眼子”（因此鱼身体极小，似乎仅有一双眼睛，且特别亮，故有这等名称）。难不成远隔千山万水，“亮眼子”有这般能耐，繁衍到庐山来了吗？导游小姐似乎看出了我的疑惑，随手从箩里抓起一把小鱼，对我说，这是庐山“三石”中的一石，叫石鱼，做菜用的。见她这么一说，我索性从饭庄里搬了张椅子到门口，坐下来听她慢慢解说。导游小姐见我认起真来了，连忙说，“我知道得也不多，不如请当地的老师傅来细细地告诉你吧。”于是，在她的荐引下，我和饭庄里的老汪师傅攀谈起来。

汪师傅告诉我说，这庐山“三石”，的确是庐山的宝贝。“三石”分别是石鱼、石耳和石鸡。

先说石鱼。别看这石鱼小得可怜见的，我们家乡河里的“白米虾”都要比它大好几倍，然而，它长成现在这模样已不容易了。汪师傅介绍说，此鱼，十年方能长到一寸，要不怎么叫石鱼呢。如此说来，倒真是名副其实的石鱼了。汪师傅说，这石鱼只有在春天捕捞为最佳。春潮涨满了山涧小溪，石鱼便产卵了，恰似转眼之间，满山涧，满小溪，密密麻麻，挤挤簇簇，一团又一团的石鱼。此时，当地人，用网、用箩潜入溪水，用不了多会儿，提起网（箩），里边净是活蹦乱跳的小石鱼。新鲜的石鱼，不用去鳞，不用破肚，只需去肠，洗净之后就可做菜了，极方便。当地人，多半用鲜石鱼炖蛋，那个鲜嫩的味儿真是没得说。不过，吃不上新鲜的石鱼，也不用着急。庐山人还有一手不用盐腌就能将石鱼储藏起来的绝活。石鱼洗净晒干之后，放入大蒜，装袋入坛密封，要做菜时，取出用水泡软即可。风晒干的石鱼，可做成石鱼汤，亦可剁成“泥”，作饺子馅儿，这样的饺子一口气不吞上两三碗才怪呢，其鲜美之味，显而易见。

再说石耳。石耳长在石缝中，属肢菌植物，黑色，无根。其外形与常见的黑木耳类似。据汪师傅介绍，石耳既可食用，又是一种名贵的药材。李时珍曾三次登庐山采石耳而作药用。上了一定年岁的高血压患者，用石耳炖排骨、炖鸡汤均能收到上好的降压效果。

最后说石鸡。石鸡又叫山蛙，生存在悬崖上的石缝之中，多半为黑色。特别的是，有的石鸡因山石的颜色不同，而改变自身的颜色，与山石同化，因而很难被发觉。令人称奇的还有一桩，就是石鸡亦长胡须。且胡须长的地方非常非常的特别，石鸡的胡须长在肚皮上。我追根究底，问汪师傅个中缘由，都没能有准确的答案。是不是石鸡生存在悬崖上，山石陡峭，肚皮上长有胡须，起一定吸附作用，石鸡才得以在崖石上生存呢？

说起逮石鸡，汪师傅显得异常激动。他掏出一根烟，点上深深吸了一口，对我说，逮石鸡在春、夏两季，晚上出发，一只手电筒，一只袋子就行了。电筒照在石鸡身上，它就一动不动，只管伸手去抓好了。石鸡颇有重量的，一只斤把重呢。用它做菜，炒烹皆可，肥美如鸡，肉质鲜嫩，营养价值颇高。

最让汪师傅难忘的是 1959 年 7 月 19 日，中共中央八届八中全会在庐山召开。当时在庐山三宝树林场工作的老汪，被请来专门为毛主席捉石鸡。那时候，还没有用得上电筒，他只好用毛竹，将上面两节打通，保留底节，再塞进草纸，灌入煤油，点亮之后，举在手里照，边照边捉。晚上十点钟出去，到十二点多一点结束，两个多小时，走七八里山路，他能逮二十多斤石鸡呢。我问汪师傅觉不觉得苦，老汪摇摇头，“不苦，不苦，主席喜欢吃庐山的石鸡，我高兴还来不及呢。”时隔几十年了，汪师傅说起当年的情形，脸上依旧充满了快慰和自豪。

如今，石鸡在庐山已不像早先时候那么多了，其情形与我们这里的田鸡差不多，只是眼下田鸡虽少价还不算贵，而石鸡则金贵了，一斤要上百元呢！

# 游喀纳斯湖记趣

要不是后来有那么多的意外惊喜，我们来喀纳斯湖真的不是时候。按说，新疆的秋天该是游玩的好季节，可我们车近贾登峪竟然遇上了漫天大雪。这在我们这帮南方来访者看来，真是不可思议，在我们那儿从没有过秋天大雪纷飞的情形。车在陡曲颠簸的山路上前行，我望着车窗外纷纷扬扬的雪，心情变得灰暗起来。

收起原本一路拍摄不停的相机，身为一队之长的我，为在喀纳斯湖的行程担心起来。原本就听说，喀纳斯湖温差大，进入湖区要自备御寒衣物，这大雪一下，岂不更冷？看它飘飘洒洒的样子，一时半会是没有停下来的意思了。我们这一行，大老远地跑来，还怎么完成喀纳斯湖的行程呢？

我正担心呢，车载着我们进了贾登峪，先在导游安排下填一填肚子。用餐时，不停有人兜租黄大衣，大伙儿看看外面的雪，都有租衣的意思。可一问租金，让我们气不打一处来，一件仿冒军大衣两天租金50元。真的有被宰的感觉，让我心情变得糟透了。最后，我们一行十多人中只有两人实在没办法，无可奈何地被宰。我则从行李箱中把能御寒的衣服尽可能穿上，准备向景区进发。就在这当口，雪停了。原本漫天飞雪，怎么一下子说停就停了，真不可思议。大伙儿欢呼起来，看来都害怕被大雪耽误了在喀纳斯湖的行程。

坐上喀纳斯湖区旅游区间观光车，我们边欣赏沿途的林木，边听车上导游小姐的讲解。导游小姐告诉我们，喀纳斯，蒙古语意为“美丽富饶，神秘莫测”。还真是的，这个坐落在阿尔泰深山密林中的高山湖泊，先给我们一行送上一场大雪，让我们无法预测后面还会有什么样的情形在等着。真的说不清。

想来是刚从欧洲回来的缘故，一见眼前这郁郁葱葱的冷杉、云杉，还有这如淡翡翠般的湖水，让我有再踏欧洲之感。果然，这喀纳斯湖区还真是亚洲唯一的瑞士风光，属南西伯利亚区系动植物分布区。在这湖区中，那久负盛名的三湾几乎是每位游客必看的景观。就我个人眼光而言，卧龙湾和神仙湾虽各有其妙，但终不及月亮湾形神俱佳。真的是上帝之手在喀纳斯湖画了一道弧线么，有如一轮弯月落入这林木葱茏的峡谷，好不令人陶醉。那波平如镜的湖面，竟有两只大大的脚印，栩栩如生，叫人称奇。由此而产生的一则则古老传说，更增添了喀纳斯湖的神秘。

然而，在喀纳斯湖让我们深有感触的，还得数漂流。

就在我们一一换穿上漂流用的紧身衣后，天公又不作美，风比先前大了许多，还下起了雨。老实说，下水之前让我们每人都拍一张单人照，我的表情是僵着的，冷得很。我在想，是不是我们来的真的不是时候，要不，老天一会儿雪、一会儿雨的，弄得人心里不舒服。

尽管如此，我们一行还是在两位舵手的带领下，冒雨出发了。怪了，坐上皮划艇，大伙儿听从舵手口令，“一二，一二”不停划动着手中的木桨，身子也不僵了，不感到冷了，浑身也有劲儿了。皮划艇在激流中盘旋着，我们大伙儿奋力划着，“一二，一二”不知什么时候，无须舵手的口令，我们每个人都喊起来了，整齐，有力。当大伙儿齐心协力划过一处险滩时，都会发出胜利的呐喊，继而露出开心的笑容；在水流平缓的流域放松一下，感觉真的不错，原本平常的山水，在我们这些漂流者的眼中变得亲切了许多，大伙儿每发现一株高大的树木，抑或是象形的山峰，都会指指点点，有所感慨。我惊喜地发现，大伙儿都有一双发现美的眼睛。

在喀纳斯漂流，虽不能跟纯野外无保护状态下的探险漂流相比，但也不是说没有一点儿危险。皮划艇经过之处，水流落差大的地方，水中旋涡不断，方向不易控制，翻艇之事极易发生。于是乎，每过险滩皮划艇上的女士们都会放声尖叫，渐渐适应喀纳斯湖水的男士们乘机起哄，手中的小木桨便会高高举起，重重落下，浪花四溅而让女士们湿身在所难免了。

我们的皮划艇快穿过一座小木桥时，舵手提醒说，那儿是个固定拍摄点，漂流结束大家可以去看自己的表情，表情好可以洗一张照片留作纪念。听舵手这么一说，我们朝着镜头做出各式各样动作，大声呐喊着，引得邻近的漂流者好一阵羡慕。

就在我们呐喊刚停，皮划艇过了拍摄点，安静不到片刻，大伙儿兴奋得再次呐喊起来。但见一弧彩虹出现我们眼前，叫人不敢去想这是真的。久违了，彩虹。我真的记不起你的模样了，也记不清最后一次见你是什么时候。想不到跑到这千里之外的异地，见到了你，真意外。我眼前的这道彩虹，一端悬于湖面，一端跨在山峰，那弧线，那色彩，神奇之极，美妙之极。这时，有同伴脱口唱道，“不经历风雨怎么见彩虹，没有人能随随便便成功”。的确，言之有理。

当我拿着一张群情高涨、表情生动的漂流合影离开喀纳斯湖区时，有种别样成功的感动在心底涌动着。返回贾登峪的途中，我意外地发现那绵延山峰上白雪皑皑，白茫茫一片。“大伙儿快看，雪峰！”我的惊呼又引来一阵欢呼雀跃。有同伴问我心情是否好起来了，是啊，风雨让我见到了彩虹，飞雪让我见到了雪峰，我的心情能不好吗。

# 如梦如幻的巴音布鲁克

一场大雨过后，那拉提草原空气更为清爽，草原上的牧草更富生机。清晨，我们乘坐着景区的区间车前往被称为“空中草原”的那拉提夏季牧场。昨天，我们还为大雨给游玩带来不便而沮丧呢。眼前，一场大雨过后的景色更让人陶醉。沿途的山坡上，草色时深时浅，有翠绿有浅绿，如一块块地毯，有黄紫白各色野花开放其间。细看才知，草色浅处是因为牧民刚割过牧草的缘故。不时有三五成群的牛羊在坡上吃草，样子惬意极了。见有羊儿在陡峭的坡上照样吃得那样自在，我心中不解。询问导游才知，羊们聪明着呢，它们总是顺着坡势，一路吃来，并非杂乱无章法的，只要看一看坡上一道道细痕便知晓了。这就是人们常说的羊道了。

太阳暖暖地照着，没有了寒冷，心境也好了起来。正当我们还在感叹羊的聪明时，区间车停了下来，我们游览的目的地到了。出现在我们眼前的那拉提空中草原，真可谓一望无际、牛羊成群。令人称奇的是，昨天一场雨让我们今天看到了连绵的雪山，皑皑白雪映衬得整个草原更加壮美。同伴们有的激动得欢呼起来，有的摆出各种姿态拍起照来。是啊，对于我们这一群一直生活在平原水乡的来访者而言，这样的景色多为初见，实在是太难得了。可陪同我们的导游小石却吊起我们的胃口，说，巴音布鲁克大草原，比这儿更美，还有独一无二的天鹅湖和九曲十八弯。这下，让刚刚还兴奋不已的同伴们，一下子对巴音布鲁克充满了向往和期待。于是，匆忙拍照留影之后，来不及细细欣赏，便前往下一个目的地——巴音布鲁克。

一路之上，山路陡曲，颠簸得很。虽然有被伊犁人称为母亲河的巩乃斯河一路相随，但是沿途还是让人觉得枯燥了一些。更叫人担心的是，当地维吾尔族司机驾驶技术实在一般，几次山腰弯道处会车都险些与迎面而来的车辆来个“亲密一吻”。可巴音布鲁克，那里有更好的草原，还有天鹅湖和九曲十八弯，面对如此诱人的美景，多几小时的颠簸也是值得的。

当我们到达巴音布鲁克小镇时，已是下午，导游小石安排我们先吃点东西再游玩。说实在的，我们大多数人，心早就飞到巴音布鲁克草原上去了。因为路况的原因，我们一行被分成四组，换乘当地人开的越野车前往急切盼望中的目的地。给我这一组开车的许先生是个退伍军人，年轻干练，驾驶技术极棒，与先前那位维吾尔族司机真有天壤之别。许先生一边娴熟地驾着车，一边给我介绍。从他的介绍中得知，巴音布鲁克，蒙古语意为“富饶的泉水”，它位于库尔勒市和静县的西北，伊犁谷底的东南，天山南麓盆地之中，东西长 270 公里，南北宽 136 公里，四周山体海拔 2500 米以上，总面积 2.3 万平方公里，为典型的禾草草甸草原，也是我国第二大草原。我还了解到，早在 2600 年前就有姑师人在这里活动，公元 1771 年，渥巴锡率领土尔扈特、和硕特等部举义东归，公元 1773 年他们在此定居。现在这里居住着蒙、汉、藏、哈等九个民族。

“看，天鹅！”我还沉浸在渥巴锡东归的情景之中，越野车上同伴惊喜的叫声，把我的思绪拉回到眼前。这是怎样的草原啊，一眼望不到尽头，茫茫然一片，近处的绿草与远处的雪山相连，中间的天鹅湖，碧水绿草，有白色的天鹅在其间，它们时而振翅滑翔水面，时而展翅低空飞行。这一切，引得同伴们在草地上大声叫喊着，尽情狂奔着，有的还翻腾起来，展示着若干年前的技巧动作。大伙儿早把一路的颠簸，一路的惊险忘在脑后了。

在巴音布鲁克，我们第一个团体项目是骑马近观天鹅湖。当十多个人上得马背，在当地骑手的保护下策马扬鞭之时，同伴们兴奋的呐喊声早响彻草原上空。见我们情绪高涨，那些保护我们的骑手更是来了劲头，索性跃马狂奔起来，在紧张刺激之中，同伴们有的狂叫，有的做着夸张的动作，自然也有吓得胆战心惊，连连央求骑手放慢速度。我骑的是一匹黑马，马主人巴特尔告诉我，这是一匹赛马，是去年那达慕赛马大会五千米亚军。22 岁的巴特尔是马队长，掌管着 36 匹马。当其他马竞相奔跑时，他一再跟我说，他的马不能向前，要在后面掌管整个马队的情况。我理解他，既为队长就得为整个马队负责。这样也好，让我仔细地领略巴音布鲁克的美景。

近处的草地上，那一串一串开着紫色花朵的是雪青，当你单个看它时会觉得并不起眼，然而当它们成片成片铺满草地时，你再看那紫色，便有如大海奔涌的浪潮，滚滚而来，似乎要将你卷入其中，那阵势不由你不心生惊叹。再看那些龙胆花，比雪青更不起眼，但在绿色苍茫的巴音布鲁克，开着细碎白亮花朵的龙胆花，恰似散落蓝天的星斗，密密麻麻，难以数计，放眼望去，颇为壮观，让人再也不敢小看，不敢忽视。

天鹅湖近在眼前，天鹅离我们似乎远了一些，不能近观，这难免叫人有些遗憾。不过，好在这些大鸟还算给面子，并不是一味卧于草丛，它们不时从湖面飞起，让我们这帮远客能欣赏到它们展翅飞翔的英姿。其实，在草丛之中观天鹅也自有其妙。你看，蓝色的开都河流淌至此水草变得繁茂，绿草丛中的白天鹅很是好看。再把眼睛往远处看，整个天鹅湖被白雪皑皑的天山环抱着，给我的感觉是：此景疑是在仙境，人间哪得几回寻。这种感觉到了九曲十八弯更强烈了。

从天鹅湖继续乘越野车前行约30分钟，九曲十八弯便出现在我们面前了。但见一条长水，有如艳蓝色的丝缎，那般长长的悄然无声地飘逸于前，极自然地形成了一道道弯儿，柔至极，谧至极，不得不让人屏住呼吸，凝神静气地品读。九曲十八弯的水和水中植物都是静静的，人只能远看那优美流畅的弧线，如一曲曼妙的乐曲，一首灵动的诗。此时，我是不去妄想置身其中的了。原因极简单，我不愿因世俗之身破此仙境。这里的纯，这里的静，容不得世俗之气。人不能置身其中倒好了，真是仙境了。

远观那弯弯的水道，那几乎静止的水道，暂且抛却尘世间的一切俗务，远离平日里的烦躁，忘记自己从哪里来，忘记自己将回哪里去。我的心归于宁静，我的身躯归于自然，一切从眼前消失，有的是如梦如幻的，那艳蓝色的长水……

就在我如痴如醉欣赏着九曲十八弯仙境一般的美景时，返程的时间到了。回到越野车上，我抑制不住内心的兴奋，和驾车的许先生说，巴音布鲁克真是太美、太神奇了。听到赞美自己家乡，许先生自然开心，他告诉我说，这里很快就要建水力发电站了。我听后一愣，问道，“在这里？”许先生似乎看出了我的担心：“不必担心，政府是有考虑的，九曲十八弯景观会保留的。”我心底无端地一沉，与现代化的水力发电站相伴随，九曲十八弯还会是原来的九曲十八弯吗？游人还能从中领略到大自然赋予九曲十八弯原本的东西吗？我遗憾，又一大自然对人类的馈赠即将离我们而去了。巴音布鲁克，愿你永留我的梦中。

# 感受八月的新疆

很早的时候，读到过一句“少女的心秋天的云”，心中曾很是感慨。许多年之后，有机会来到新疆，时令虽已入秋，但一日之内天气的变化让我感叹，心中的感觉却是：秋天的新疆如同少女之心。

从乌鲁木齐前往喀纳斯，我们穿行于准噶尔盆地。原本以为，我会为沿途一望无际的沙漠、戈壁而感叹，来之前也曾想过能有“古道西风瘦马”之体验。可实在说来，一路上这种感觉全无，更无从体会古人流放伊犁时的那份悲凉与绝望了。“断肠人在天涯”，对于我来说，只能是一种词境。

八月的新疆，空气真是干、净。身边随手用来擦汗的小毛巾，哪怕是刚湿透过的，不经意间就干干的了。这种“干”就在我们的眼皮底下，似可捕捉。我直观感觉，它的干与太阳的强烈有关。那太阳光从云层中透射而出，光线清晰得很，真是“光芒万丈”，这是在千里之外的家乡所少见的。此时，置身于野外，似乎并不能完全感觉太阳之炎热，可在车内太阳光直射进来，贴近车窗玻璃，肌肤明显有灼热之感。再看看车轮下的路，放眼前望，那柏油路面总是潮湿着，似乎被晒化了。这哪里是秋天啊，分明是炎炎的夏日。眼前的情形，让同行者中一位诗人感慨起来，“汽车在烈日下疾驰，目的地依然遥远，道路绝望地向前延伸”。几句一出，博得一阵喝彩。

刚刚还是烈日当空，忽然下起雨来了。虽说身在车中不会遭淋，但一路拍摄不停的我，无奈地收起相机。同伴们多半打起瞌睡，进入梦乡。我，有些无聊地干坐着，什么也不做。在路上行驶了四五个小时之后，车近卡拉麦里有蹄类动物保护区，雨停了，我们有机会亲近一下红柳、骆驼刺之类生长于戈壁滩上的植物，有幸看到了几匹个头矮小的野马。还有在家乡多半靠水生长的芦苇，在这戈壁滩上竟能成片成片地生长着，真是我想象不到的。下车活动的当口，让我感受到的不是太阳的炎热，而是空气中的净、纯。空气中的风带有凉意，呼吸一下惬意得很。难怪当地的导游让我们多做深呼吸呢。这无工厂、无村落之所在，自然远离污染，原生状态尚未被破坏，空气自然清新、纯净。阵阵凉风送来的不只是凉爽，还有秋的意味。

带我进入春天的是额尔齐斯河，这是我国版图上唯一一条直接流入北冰洋的河流。算不得宽的河面，水平如镜，清澈见底，有白云从河心飘过，白洁得叫人生怜。岸边的树木郁郁葱葱，生机盎然，丝毫没有秋的痕迹。那翠绿欲滴的感觉，让我有如走在春天家乡的河堤边。河心滩上，几只不知名的野鸟，时而水中嬉戏，时而滩边振翅，俨然这里的主人。置身于如此安谧宁静的地方，真的容不得人大声喧哗。如若不小心惊扰了这里的主人，那将会心生遗憾的。于是，我只能与它们作无声的告别。

离目的地越来越近了，快到贾登峪时，天空中竟然飘起了鹅毛大雪，漫无边际，飘飘洒洒。那阵势，猛得很。这新疆的天气，怎么说变就变呢，且变得这么没来由，变得这么快。之前下雨时，大伙儿的反应没这么强烈。可八月份下大雪，在我们这帮来自遥远南方的人来说，简直是不可思议。我们百思不得其解，正稀奇着呢。当地的导游小石不紧不慢地告诉我们，这叫一日之内经历四季，在新疆没有什么可奇怪的。话虽这么说，我们还是担心，眼前这雪会不会影响在喀纳斯湖的行程，可面对说变就变，有如少女之心的新疆天气，谁说得清呢?!

你还别说，新疆在我这个初访者看来，还真是有如花季少女一般，在让人感受到她美丽迷人、风情万种的同时，也让人觉得她变化无常、神秘莫测。唯如此，才让人对她充满了期待，充满了向往。

## 第五辑

# 穿行欧罗巴五万里

# 雨中告别巴黎

雨，纷纷扬扬地在空中飘洒着，眼前的一切变得朦胧起来。小住几日之后，今天该是离别的日子了。不论我对你是怎样着迷、怎样留恋，可发动着的汽车在等着我，前方的行程在召唤着我。我只有对你说，再见了，巴黎。

难道你也心有不舍？前几日不都是阳光灿烂的吗，今天怎么下起了雨？我能把这飘飘洒洒的雨看成你我之间惜别的泪吗？如果是这样，就让我再看看你吧，让我如此迷恋的巴黎，让我心生留意的巴黎。

透过这绵绵的春雨，你在我眼里变得更为温馨而浪漫。缓缓流淌着的塞纳河，在烟雨之中变得朦胧而神秘了。那天傍晚乘船游塞纳河，虽然风大了些，但从河上看埃菲尔铁塔，听巴黎圣母院教堂的钟声，和自由女神合影，欣赏两岸自然景观和风格鲜明的欧式建筑，给予我的是别样的感受。可是，我心里知道当时的感受再别样，也不能和你眼前的温馨、浪漫相比。离别，让我心生眷恋。

短暂的相处，我倒是感受到一些你的温馨与浪漫的。登埃菲尔铁塔那天，阳光明媚，我和来自四面八方的游人一样，耐心排着队，虽然登高一览巴黎全貌的心情有些迫切，但除了排队别无他法。在我稍显不安、东张西望的当口，一对金发碧眼的青年男女进入了我的视野，只见他俩相拥着随长长的队伍前行，不时来个轻吻，无论是身材高挑俊秀的男青年，还是容貌姣好、金发披肩的姑娘，两人的眉眼间都充满爱意，给人的感觉是甜蜜，是幸福。相爱着，真好。

这一天，恰巧是个休息日。埃菲尔铁塔前的草坪上、林荫间，当地的市民三三两两相聚在一起，或坐或躺，或吃着零食，或聊天闲话，不时有开心的笑声飘荡在空中。说实在的，这些在草地上、林荫间的人们，姿态是松弛的，有的松弛得近乎慵懒。从这些人的神情上看得出，他们正享受着松弛所带来的愉悦。

有群聚，自然也有独处。一个裸露着肚皮躺在草地上看书的年轻姑娘吸引了我。为了拥有健康的肤色，年轻姑娘愿意让阳光亲吻自己白皙的皮肤；为了获得快乐的心境，她愿意让阳光爱抚自己充满青春气息的身体。这真是个浪漫的姑娘，不知哪位小伙子能有幸得到她的青睐呢？

你的温馨与浪漫，不仅从生活在你怀抱里的人们身上能感受到，即便是从你的街头那一座座古老的建筑雕塑上，从凡尔赛宫、卢浮宫里珍藏着的一件件绘画和雕塑作品上，同样让人感受得到。当我经过香榭丽舍大道，我不得不为凯旋门这样雄伟与浪漫的结合体而惊叹。的确，我从凯旋门上所看到的不仅是它的雄伟，也领略到了法国人的一种浪漫。位于戴高乐广场中央的凯旋门，是为了纪念1805年12月2日拿破仑在奥斯特利茨战役中大败奥俄联军，由拿破仑在翌年2月下令建造的。这座高48.8米、宽44.5米、厚22米、中心拱门宽14.6米的雄伟建筑上有着大量的雕塑作品，其中最负盛名的是面向香榭丽舍大道的《马赛曲》，它是著名雕塑家吕德的杰作。在凯旋门下是无名战士墓，说是墓，并没有我们常见的墓的外形，只见地上嵌有红色的墓志铭："这里安息的是为国牺牲的法国军人。"把对当时生者荣耀的表彰与对死者的纪念如此有机地结合在一起，在我看来，只有血液里充满着浪漫基因的法国人才能如此。而给凯旋门带来别开生面浪漫的，是每逢晴好天气的黄昏，从香榭丽舍大道向西望去，便能看到一团火焰般的落日恰好嵌在凯旋门那拱门的门框里，形成门含落日的特殊景象。

当我置身于卢浮宫，似乎是掉进了巴黎艺术的海洋，一幅幅油画，一件件雕塑，恰似一首首凝固的交响乐。蒙娜丽莎那神秘而诱人的微笑，数百年来不知有多少人为之痴迷，为之心神荡漾，激起的是期盼，是向往，是梦想；面对着断臂维纳斯那圣洁的脸庞和她那一对圆润而坚挺的乳房，让人不敢有半点邪想，有的是对自我心灵的涤荡，有的是对美的渴望。多少年来，人们多为她特有的残缺之美而赞叹，其实她原本是极其完整的，只不过法国人与希腊人当年在争夺这件稀世之宝时使其遭受了损伤。我眼中的维纳斯给予我的并不是残缺的美，而是充满青春气息、充满生命活力的女性之美，她是那样让人陶醉，让人迷恋。自然，卢浮宫中稀世珍品太多，不胜枚举。但就整体的艺术氛围而言，我却更喜欢凡尔赛宫。凡尔赛宫尽管刚开始只是路易十三用于狩猎的一个小小的行宫，后来经过几代国王数十年的建设才形成今天金碧辉煌的气派，恢宏博大的规模。走在凡尔赛宫中，让人感受到她的富丽奇巧、靡费奢华，每一个宫殿所展示出的都是路易王朝的历史，精妙的艺术品再现的是一个王朝的兴衰，两者之间极其巧妙的结合，构造出一种极其浪漫的艺术氛围。而卢浮宫，虽多有珍品陈列，但宫殿建筑不时透露出少有的现代气息，这就破坏了游览者想置身一种特定氛围的愿望，那种“场”时有时无，感受差便是自然的了。即便如此，亦不能阻止我对巴黎所散发出来的浪漫气息的迷恋。我有如一个情窦初开的少年，不能自拔地爱上了巴黎。

雨似乎越下越大了，分别的时刻到了。我只得让汽车带我上路，只是不肯把眼睛从车窗移开。既然一切都无从改变，我唯有多看一眼巴黎。回想几日小住，巴黎给我的感觉还真的和徐志摩有些相似呢。春天的巴黎在徐志摩感觉中“就像是一床野鸭绒的垫褥，衬得你通体舒泰，硬骨头都给熏酥了”，“赞美是多余的，正如赞美天堂是多余的”，“软绵绵的巴黎，只在你临别的时候轻轻地嘱咐一声‘别忘了，再来！’其实连这都是多余的。谁不想再去？谁忘得了？”是的，我是不会忘掉你的，巴黎！如若你我的那份缘还在，我俩还会再见面的。

# 水做的威尼斯

女人是水做的。这在男性眼中似乎是定论了。要我说，具有灵秀之气的女子才配称得上是水做的。踏上欧洲的土地，心中便一直祈盼能结识一位欧洲女子。我并不为自己有这样的想法而感到难堪，徐志摩在他的《巴黎的鳞爪》一文中早就流露过这样的想法，并有了九个小时的萍水之缘。我一路从巴黎、卢森堡、布鲁塞尔走来，直至意大利方得偿所愿，让我结识了一位灵性而秀丽的欧罗巴女郎——水做的威尼斯。不错，在我第一眼见到她时，就从心底喜欢上了她。这座坐落于亚得里亚海上的威尼斯古城，在我眼里恰似一位貌美而聪慧、充满异国情调的女子。水的阴柔被她用到了极致。

如果说威尼斯古城形似一条鱼，那也是一条美人鱼。这条美人鱼畅游在亚得里亚海上，被大面积水包围着。乘船游于威尼斯外湖，当地人也称潟湖，我看到的是宽阔的海面上，波涛连连，蔚蓝的天空中海鸟飞翔，不时有悦耳的鸣叫从空中传来。海岸边，繁茂的水草在碧波中荡漾成凤尾一般，煞是好看。更有那风格各异、色彩丰富的欧式建筑在蓝天碧水之间，显得生动而富有灵性，谁也不会在意它们已存在了一千五六百年。

繁忙那是一定的。潟湖上，各式各样的船来来往往，穿梭不息。它们的航行是有序的，靠湖面上大大小小、三五成群的木桩来指引。难怪这湖上立了如许的木桩呢，原本我还心生嘀咕，好好的湖面叫这些木桩破相了。细看这些木桩，上面均有水深刻度，行船者只需依此而行，便不致让船搁浅，自然少了许多不必要的麻烦。

游船渐渐靠近古城，我看到了威尼斯最早的财富发祥地——盐仓。这是一座临水而建的低矮建筑，平顶，正面开有多处半圆形窗户和长方形门洞。据说，这是当时威尼斯囤盐的地方，早先威尼斯先民们便是靠盐的交易逐步发展起来的。面对此建筑，目睹威尼斯当今的繁华，怎能不对她的先民们心生敬意呢。游船继续前行，两个巨大的圆柱子吸引了我。听导游郭小姐介绍，这是古威尼斯共和国的国门。一圆柱顶端雕立着一只青铜飞狮，相传是圣彼得的坐骑；另一圆柱顶端则是一尊手持长长兵器的雕像，据说是威尼斯的守护神。当年，生活在美泉宫貌若天仙的茜茜公主就曾从此国门来到威尼斯。在游人如织的今天，谁能遥想当年美丽的公主来到美丽的威尼斯，该有怎样动人心魄的场景啊。如果有人想问城和人谁比谁更美，那只能是个愚蠢的问题。不存在城和人谁比谁美，有的是美的融合，带来的是无与伦比的美，精彩绝伦的美。这种美，在水做的威尼斯变得难以诉诸文字，难以言说。

如果说外湖让威尼斯漂于水上，犹如美人鱼畅游于海，那么，古城内 118 个岛屿间 2300 多条水巷，则是威尼斯这位欧罗巴女郎周身的血脉了。如此，说威尼斯是水做的，便是句实话，毫无夸张之意。水，成了威尼斯的灵魂之所在。

当地人说，不坐贡多拉等于没来过威尼斯。贡多拉，威尼斯水巷间的主要交通工具，类似陆地上的自行车。这是一种两头尖尖、身子狭窄的小船，与我老家早年间渔民放墨鸭的小船颇相像。只是眼前的贡多拉装扮得更漂亮一些，尖尖的两端用油漆涂成黑色，船身则五彩缤纷，什么样的颜色、什么样的图案都有。船舱中摆放着几张小皮椅子，供游人坐。一般一船以载三四人为宜，多也不能超过五六人，毕竟贡多拉承载量有限。我和同伴们正是乘着贡多拉扑进了威尼斯这位具有异国情调的欧洲女郎怀抱的。穿行于水城之中，一座座造型各具特色的石桥从头顶而过，夹水巷而立的房屋，其墙壁变得直耸陡峭，居民的窗台上时有盆花映入眼帘，无论是红色的花朵还是绿色的植物，悬于游人头顶不免让人担心。或许，在当地人看来，这种担心是多余的。

如此亲近威尼斯，让我有些兴奋。在贡多拉上，我一改往常的安静，变得不太安分。一会儿移身为同伴拍照，一会儿伸手进水中嬉戏。结果，遭到为我们撑船的威尼斯小伙子批评，他认为我的举动太危险了。他哪里知道，从小在水乡长大的我，水性好着呢，在这样的小船上无论干什么都自如得很，他的担心在我这里是多余的。望着来来往往的贡多拉穿梭于水巷，让我想起了万里之外的家乡。多水的家乡，一直在做水的文章，也想着靠水吃水，可多年以来成效似乎并不理想。不知哪一天，那漂浮于水上的家乡小城，也能如威尼斯一般声名远播，吸引八方游客，该有多好啊。“别动，给你来一张。”同伴见我出神，抓拍了一张，我一看效果不错。他们自然不知我心中想法，说不定还以为我对某位貌美的女郎入神呢。

导游郭小姐一路催促着我们快些结束游览行程，说是今天会有雨，到时候就不方便了。我倒是希望天空能下些雨的，想想绵绵春雨中的威尼斯该别具风韵吧？

# 别人的影子

来到有“欧洲首都”之称的布鲁塞尔，我的眼前出现了早已熟悉的建筑——凯旋门。这对刚刚离开巴黎的我来说，眼前的凯旋门已不能激起我半点游览的兴致了。与巴黎雄伟高大、极具气派的凯旋门相比，布鲁塞尔的凯旋门显得矮小而缺少气势。听说，这是比利时人模仿法国巴黎之作。说实在的，仅有其形，未有其神。从建筑艺术的角度看，此处的凯旋门远不及巴黎的凯旋门精湛，更为重要的是没有巴黎凯旋门所拥有的精髓，让人觉得这是一座缺乏灵魂的建筑。试想，一座缺乏灵魂的建筑，要想生动起来，要想吸引人，几乎是不可能的。

无独有偶，在布鲁塞尔我还看到了与巴黎塞纳河同名的另一条塞纳河，一条小型的人工运河，据说也是比利时人模仿他人之作。这里有太多别人的影子，而没有自我的存在。凯旋门、塞纳河这样典型的模仿不必多说了，布鲁塞尔整个城市道路框架也是模仿巴黎的，为放射性构架，街头多为船形建筑。看着荷兰人在阿姆斯特丹的红灯区声名远播，他们也模仿着搞了一个；看着荷兰人把奶牛的产业做成了誉满全球的支柱产业，他们也模仿着建牧场养奶牛，甚至于他们的国旗由黑、黄、红三色构成，与德国国旗在用色上都完全相同，让人觉得两者之间亦存在模仿之嫌，这实在让我心生诧异了。

听和我们同行的付先生介绍，生活在布鲁塞尔的多属弗拉芒人，从外貌上看特点颇为明显，脸窄，头尖，个子小，模仿是他们的拿手好戏。同样因为模仿，让来布鲁塞尔的游人不再对这里的凯旋门、塞纳河之类景点感兴趣了，人们多数会直奔“小尿童”雕像。

“小尿童”雕像坐落在布鲁塞尔城内一条大街的街口，当地人称这条街为“尿童街”，亦可见当地人对这尊雕像是何等的重视了。整座雕塑规模并不大，铁栅栏低围着一个正在撒尿的小男孩，但见小男孩身子微曲，一只小手捏着自己的“小鸡鸡”，有“尿”不停地流出。平心而论，整个雕塑小巧而充满生趣，比那相对高大的凯旋门有神韵多了。这座雕塑再现的是一则传说，在古代一次战争中，敌人偷袭比利时，在王宫里埋下大量炸药，并通过导火线引至王宫之外。正当导火索“咝咝”燃烧着向王宫蔓延时，一个小男孩发现了燃烧着的导火线，顽皮的小家伙掏出自己的“小鸡鸡”，对着导火线撒了一泡尿。他哪里会想到，正是他这一顽皮之举拯救了王宫。后来，比利时国王尊他为“比利时第一公民”，小尿童也就成了比利时的保护神。据说，小尿童并不总是光着身子的，逢到比利时重大节日或是有重要活动，小尿童也会穿上不同的衣裳。他的“小鸡鸡”不停流淌着的并不一直是水，遇有特别的日子有时会“尿”啤酒，有时也会“尿”香槟。我们一行虽来自遥远的中国，然而，来时只是一个极寻常的日子，自然看不到小尿童穿衣裳，也喝不上他“尿”的啤酒或香槟了。后来听说，我国也曾给小尿童赠送过一套军装、一套宋装、一套唐装，真是让人高兴。不过，在我看来，小尿童还是光着身子好，这样或许会跟历史上的小尿童靠得更近一些吧。

比利时人真的太酷爱模仿了，不仅模仿别人，而且模仿自己。原本一座十分可爱而富有神韵的小尿童雕像，他们竟然又弄出了个女尿童雕像出来。蹲身的女尿童，那原本私密之处有流水不停地“哗哗”而出，让人见了真是哭笑不得。想来比利时人也知道这是个败笔，要不然，为何让女尿童雕像立在另一处僻静的街角呢？

唉，布鲁塞尔，你有太多别人的影子，什么时候才能走出别人的影子，不再一味地模仿他人，也不要轻易地模仿自己，而拥有真正属于自己的一切呢？

# 不可逾越的米开朗琪罗

在意大利，《大卫》雕像在好几处出现过，遗憾的是没能看到真品。有的是让人啼笑皆非的今人作品，有的是复制品。这当中，给我感觉好一点的是佛罗伦萨米开朗琪罗广场上的那尊了。这位圣经中的少年英雄，在雕塑家手中成了一个体魄刚健、身材高大、面容英俊的青年壮士。但见他头转向左侧，双目凝视远方，左手拿有甩石带，手臂弯曲至肩头，右手下垂，手指微弯似在用力。这位壮士显然处于临战状态，神情勇敢而坚定，身体中积蓄着强大的力量，随时准备投入新的战斗。

这尊作品中的大卫，无论是身体每个部位的肌肉，还是脸部表情的刻画，都给人一种饱满而紧张的感觉，静中有动。在作品的整个构架上，雕塑家有意放大了人物头和胳膊在整个作品中的比例，让我们眼前的大卫显得高大挺拔、坚强有力，呈现出较为完美的男性之美。据说，雕塑《大卫》所用之石，原本是一块在运载过程中意外破损了的石头，大家都认为不能再用了。谁也没想到米开朗琪罗就势用材，完成了一次伟大的创作。正是因为创作出了像《大卫》这样一批经典之作，米开朗琪罗开创了意大利文艺复兴时代雕塑艺术的最高境界，成为西方美术史上一座不可逾越的高峰。

这位伟大的雕塑家，1475 年 3 月 6 日出生于佛罗伦萨附近的卡普莱斯，6 岁丧母。想来是因为寄养在一个石匠家里的缘故，他从小就对雕塑显示出浓厚的兴趣。13 岁开始学画，21 岁创作出《酒神巴库斯》等一批代表作。终身未娶的米开朗琪罗，被世人认为是同性恋。据说，他跟多个男模有过情感纠葛。这中间倒是能找到一些例证的。他用一年时间在俊秀早逝的男模布拉奇的墓上刻下了这样的诗句——

我卑微的尘躯不再享有，
你的迷人的脸庞与美丽的双眼，
但任何力量都抹不掉你我共枕相拥时，
两个灵魂相融所迸发的火焰。

而他倾慕罗马贵族托马索·卡瓦切里则可以说是一件公开的秘密。1532 年秋天，当 23 岁的托马索·卡瓦切里在圣安杰洛与他第一次见面时，托马索·卡瓦切里所展现出来的翩翩风度，高贵气质，英俊容貌，无一不深深吸引着他。一直以来对男性极为敏感的他，对托马索·卡瓦切里这位翩翩俊男爱得如痴如狂。接下来的几个月时间内，米开朗琪罗思如泉涌，激情澎湃，创作出了平生最好的几幅素描，有驾驭金马车的法厄同，有肝脏不断被秃鹫啄食的提图斯，有为宙斯斟酒的美少年伽尼墨得斯，其内容全都源于希腊神话。不仅如此，他在为美第奇礼拜堂制作朱理亚诺公爵雕像时，其脸部竟然是托马索·卡瓦切里。此举可见米开朗琪罗对托马索·卡瓦切里的迷恋到了何种程度。在自己的诗中，他把托马索·卡瓦切里的名字看成了自己赖以生存的食物。并进一步写道："不……食物只营养我的身体，你的名字却滋润我的身体和灵魂，使它们充满快乐，只要有你在我心中，我不再感到悲哀，也不惧怕死亡。"让人感动的是，托马索·卡瓦切里对米开朗琪罗这份特殊的情感始终珍惜，直到这位巨匠走完人生最后的一站。

我实在不能评判米开朗琪罗这种特殊的情感需求。但有一点，我敢肯定，如果没有他对男体如此敏感和迷恋，要想创作出健美英武，气势如虹，蕴藏无穷力量的雕塑杰作，几乎是不可能的。从这一点说，他的偏好让我们有幸看到了《大卫》《摩西》《奴隶》组像、《创世记》等一系列惊天动地之作。不仅是我说感到“有幸”，就连同为意大利文艺复兴时代三杰之一的拉斐尔也这样说：有幸适逢米开朗琪罗时代。

作为一位伟大的雕塑家，米开朗琪罗在作品中倾注了满腔激情，尽管这腔激情带有极浓的悲剧意味。这就使得他作品中的英雄在内在与外貌、理想与现实诸多方面高度相融，向世界呈现出的是一曲曲对人类的庄严颂歌。

# 纯粹的乡村

当我们从阿姆斯特丹驱车 15 公里，赶到桑斯安斯村时，已是黄昏时分。尽管这里天黑得要比我遥远家乡晚几个小时，但留给我们参观的时间好像还是紧了一些，不免心情有些急切，因而大伙儿的步履变得匆忙起来。

匆忙归匆忙，桑斯安斯村似乎并不理会眼前这群东方古国的来访者。夕阳的余晖金灿灿地照在村舍上、田野上，照在村边算不得宽阔的湖面上，还有在村舍顶上转动着的风车叶片上，显得那么宁静，那么安然。

或许是时间晚了，抑或是非旅游旺季，村子里并没有多少游客，看不出太多旅游景点的痕迹，我的眼前只不过是一个原生态的小村，只有那几架在黄昏的风中转动着的风车在提醒我，这儿是荷兰著名的风车村。

的确，和大多数游客一样，我们也是冲着这村舍顶上的风车而来。这种带车房的风车，十字形风叶从房顶伸展开来，因叶面较为宽大，在风中转动起来形成的动力自然就大了。这里的风车，跟我家乡田野上的风车不太一样。相比之下，家乡的风车整体构架要小得多，无车房，多风叶，但风叶较小。然而就风车本质而言，则是一致的，都是为了车水。且风车动力传输形成的原理也是相同的。同行者中有人提出，家乡的风车是不是从这里传过去的呢？不得而知。不过有一点，家乡风车在乡亲们嘴里又叫“洋车”，这“洋”字是否暗含着从国外流传过去的意思？

不过，说来有些不好意思，就风车的美誉度而言，家乡便无法与之相比了。虽说家乡风车偶或也会出现在某位摄影家的作品中，抑或是某个地方性宣传画册里，但跟已经成为荷兰“国家商标”的荷兰风车无论如何是没法比的。不可否认，眼前的风车的确为全世界所认同，成了这个国家的标志。

即便如此，让我顶感兴趣的还不是这湖边矗立着的，三三两两的，声名远播的风车。尽管，这些风车高低错落，在夕阳照射下倒映在湖水中很好看；尽管，这些风车是荷兰的功臣，不是说“上帝创造了人，荷兰风车创造了陆地”吗，没有风车，荷兰就不可能从大海中获得三分之一的国土，自然就不会有香飘全球的奶酪和郁金香。

倒不是我故意不看重荷兰风车，而是我的眼睛被村庄旁那一片田野所吸引着。这是怎样的田野呀，竟然有如我家乡的垛田，一垛一垛的，浮在水面上。远在万里之外，能看到和家乡一样的地形地貌，怎能不让我激动而惭愧呢？激动，自然源于乡情，让我有如回到家乡田野；惭愧，是我原以为如此的地形特征只有家乡才能有，谁让我们是著名的水乡呢？现在在这里看到，只能说明自己孤陋寡闻，见识有限。让我新奇的还有，如此肥美的垛田之上，没有生长庄稼，在晚风中摇曳的，是繁茂的野草，而草丛中开满了五颜六色的细碎的小花，有粉的，有黄的，有紫的，有红的，真可谓五彩缤纷、色彩斑斓。

不仅如此，这垛田上，沟壑里，充满了生机和活力。我在这垛田的沟汊间，竟然看到了童年时在家乡水面上经常看到的野鸭子，扑腾着翅膀在水面上飞翔，双爪在水上划下长长的波痕，样子潇洒极了。而远处的沟壑间，两只白天鹅正相伴着曲项掏食，想必是一对了，要不怎能如此形影不离呢？这小小的垛田，真给我惊喜不断。就在我快要离开时，竟然发现垛田草丛中，一窝刚出壳的小野鸭，“叽叽叽”地围着一只老野鸭，在睡觉呢。我本想上前看个究竟，可又不忍心打扰这帮小家伙，怕它们受到不必要的惊吓，只好悄悄离开。

当我转身离去时，我才发现同伴们走得差不多了。夕阳的余晖把我的身影长长地印在桑斯安斯村的乡道上，我把匆匆的脚步声留在了宁静的田野之上。

# 和而不同的阿姆斯特丹

阿姆斯特丹这座城市给我如此大的反差，是我先前所没能想到的。在这如此之大的反差中，阿姆斯特丹又能极妙地处理好这种反差，并且利用好这种反差，塑造了自身特有的城市形象，形成了别具一格的城市魅力，这更是我先前所没能想到的。阿姆斯特丹，你真的让我从内心为之叹服。

说实在的，阿姆斯特丹的“红灯区”早就声名远播了。尤其是那些来自意识形态与荷兰存在差异的国度的游人们，多半会游览一下“红灯区”的。因为先前有朋友提醒过，所以当我们傍晚时分，冒着蒙蒙细雨在那一间一间玻璃房之间穿行时，并没有太多的惊讶。那些橱窗女，尽管形体千差万别，有高挑的，有矮小的；有丰满一些的，有臃肿无比的，均无一例外的为比基尼穿着。在化妆上，有的轻描淡写，略施粉黛，显得优雅而安静，虽说是从事此等职业，让人不得不对其保持应有的人格尊重；有的浓妆艳抹，妖媚无比，不时有挑逗的动作出现，让人觉得既为妓女如此倒也没什么了；有的则另类夸张，近乎疯狂，其一举一动非常人能够理解。“红灯区”中灯光朦胧而暧昧，空气中散发着不同气息的香味，尤其是在这样一个细雨蒙蒙的傍晚，给人腻腻的感觉。那些川流不息的行人，依我看抱着“看西洋景儿”的心态者居多，真走进那玻璃房间的也不是没有，极少。

这样一个特殊的所在，在荷兰人的操作下变得如此堂皇，成为吸引阿姆斯特丹旅游富有影响力的一个品牌，进而举世闻名，这不能不让人折服。说实在的，这里的“红灯区”很难让人产生污秽之感，亦不能从那些橱窗女身上感受到淫荡之意，大不了是个放纵欲望之所，如此而已。

然而，让我感到不可思议的是，就是在这样一个脂粉气浓郁，纵欲情色之地，竟然有恬静、安谧存在，有流水潺潺，绿树隐隐，古桥静卧，活脱脱一个人间仙境也。

穿行于“红灯区”湿漉漉的街头，我的脑海里不时浮现出白天乘船游阿姆斯特丹运河的画面。那一条条纵横交错的河道，有165条之多，且每条河都有着不同的名字，我们经过的就有酿酒河、商人河、绅士河……如此发达的水系勾勒出了阿姆斯特丹美丽的“水都风光”。那河两岸高低不一、错落有致的民用建筑，风格极为明显，高而尖的山墙，矗立水边，倒映河中，波影绰约，另有一番诗情画意。可奇的是，每座山墙顶上，均悬空挂着一只铁钩子，那么高高在上，要不是导游讲解还真不知道是居民从水上吊运货物用的。此地建筑所留楼道大多较为狭窄，大宗物件一律从水上经吊钩进入室内。那河道两边的船屋，傍岸而设，井然有序。有居家的，有开各种小店的，尤以开咖啡馆、啤酒屋之类为佳。临水而坐，端一杯自己喜欢的咖啡，抑或啤酒，与三两知己边聊边饮，饱览水城美景，岂不开心？即便是心情不好，一人独坐而饮，面对小桥流水、绿树红房，也会心旷神怡，心塞顿开的。

这一切绝非天然，实乃阿姆斯特丹人人力所为。据说，如此众多的运河只有一条是天然的，其他皆为人工。能在把“红灯区”做到世界闻名的同时，还打造出如此精妙的“北方威尼斯”水城，真是绝妙之极。如果说水都美景叫人如入世外桃源，有如“出世”，那么同处一城的“红灯区”则叫那些凡夫俗子腿脚发沉，欲火中烧，进而痴迷人间情色，自然是“入世”而不能自拔矣。

阿姆斯特丹把“入世”与“出世”的文章做得如此精到，让人在生存过程中所呈现出的两种完全不同的诉求，在一个城市里近乎完美地结合在了一起，和而不同，从多个层面满足着芸芸众生，低级的、高级的，肉体的、精神的，实属不易。如此，要想把阿姆斯特丹从记忆里抹去，难。

# 寂寞的天鹅

天鹅，你是谁的幻影吗？你与身边的那一位形影不离，是因为彼此恩爱吗？尽管湖面上风很大，我看你俩始终相伴相随，好让人羡慕哟。还有你，刚刚落到我面前的天鹅，看上去你比同伴们身材高大多了，你展翅而翔，双爪在湖面上留下长长的波痕，样子潇洒极了。我注意到了，你形只影单，展翅而翔是因为有了心仪的对象吗？我不懂你们追逐爱情的规则，但还是能感觉得到，你展示的意味。

风好大，似乎很想把我从你们身边刮走。湖水激荡，有如我想亲近你们的心情。从数万里之外赶来，我自然想走进古老的童话。红顶白墙的宫殿，在碧波荡漾的湖水中被风揉得粉碎。这似乎在告诉我，童话是何等的脆弱，易碎，谁幻想生活在童话里注定会是个悲剧，现实中的一切与之格格不入，最终的梦想只能被打破。道理好懂，并非所有人都接受。这眼前的新天鹅堡的主人便是如此。

路德维希二世，这位 18 岁就登上王位的英俊的巴伐利亚国王，三年之前一次观看歌剧的经历，在他的人生道路上留下了难以估量的影响。那是 1861 年 2 月 2 日，路德维希第一次在慕尼黑皇家歌剧院观看歌剧《罗恩格林》，剧中主人公的经历激起了年轻王储心底“天鹅骑士”的梦想，同时因为《罗恩格林》也让他对歌剧的表演形式产生了极大兴致。正由于这部歌剧，路德维希与瓦格纳产生了极其难得的情谊。这份情感，路德维希是如此表述的：“我不爱女人，不爱父母，不爱兄弟，不爱亲戚，没有人让我牵挂，但是您！”言外之意很是明了，拥有瓦格纳的情谊对他是何等重要。他的这些话，倒还是能找到一些印证的。比如，不爱女人，他和索菲公主是在走进教堂前一刻分手的，此后终身未娶。

这位巴伐利亚国王还把他对瓦格纳的这份情感付诸了行动。为了让音乐大师“在美妙而纯净的艺术天空中尽情地舒展自己天才的翅膀”，路德维希二世不仅帮他还清所有债务，提供一切开销，还把自己郊外的别墅给他使用，不仅如此，还为他建造了拜罗伊特歌剧院，专门上演他的作品。面对巴伐利亚国王的深情厚谊，瓦格纳唯有用好的作品来回报。于是，他尽情地把德国传说和童话搬上舞台，用善与恶构造作品的内核，不仅打动了观众，也深深打动着路德维希。瓦格纳的作品，陪伴着这位内心充满童话般梦想的国王走完了其短暂的一生。

身为茜茜公主表弟的路德维希，据说，一直深爱着茜茜公主。眼前的新天鹅堡便是因茜茜赠送路德维希一只瓷天鹅而得名。自然也有人把他对瓦格纳特殊的情感与对茜茜公主的暗恋相比较，认为他的情感世界可能不同于常人。我个人觉得，路德维希跟茜茜公主倒是志趣相投的。他们都厌倦宫廷中的阿谀奉承、尔虞我诈，对大自然表现出极大的热情，寄情山水湖泊，追求个性自由。然而，我实在说不清，路德维希二世最后葬身湖泊之中，是否是他自己的选择呢？

时间定格在 1886 年 3 月 1 日傍晚，施塔恩贝格湖边那几个稀疏的脚印成了千古之谜。不过，事发前还是有些迹象的。路德维希临离开新天鹅堡时对仆人说：“Sticherl，好好为我照顾这些房间，不要让它被好奇的参观者污秽了，我在这里花费了一生中最严峻的时光，我不会再回到这里了。”时隔百年之后，我似乎还能听到路德维希临行前的话。想想这位国王虽乏治国之雄才伟略，但其内心情感丰富而多元，气质浪漫而深藏骑士梦想，在世俗之中确实很难生存太久的，他的悲剧是注定要发生的。眼前的宫殿，实际上是这位国王心中童话般浪漫典雅的中世纪的化身，是他精神追求的一种寄托。

从远处眺望此堡，那错落而高耸的城堡的尖顶，天蓝色的顶部，白色的墙壁，被阿尔卑斯山环抱着，有如天堂一般。由此我想，古往今来，有多少君主，雄才大略，英明盖世，可能在后世留下点什么的，并不多见。倒是像新天鹅堡主人这样的国王，让后人忘却不掉。这样的例子不单在欧洲，在我们古老的国度亦是如此。南唐李后主不以治国留名而以诗词传世，他的“一江春水”始终川流不息。

置身天鹅湖，近观白鸟幻影，确如梦中的仙境。我在心底反复问自己，这究竟是怎样的一处所在，散发着悲意，充满着美，让人有些不忍，心生怜惜。再也看不到路德维希英俊的身影了吧，湖面上游来游去的天鹅们感到寂寞吗？我的怜惜不止于此，不禁想到了唐人的一首诗：“寥落古行宫，宫花寂寞红；白发宫女在，闲坐说玄宗。”

“嘎——嘎——”天鹅湖上天鹅们的鸣叫一声接一声，此起彼伏，在原本炎热的夏日里，似透着一丝丝凉意，让闻者心头滋生些许忧伤。随着我脚步渐行渐远，新天鹅堡留在了我的身后，那些天鹅们的鸣叫亦被风吹远，吹向了天际，越发缥缈了。

# 建筑师疏忽的杰作

在意大利的行程安排中有比萨一站，其主要原因是因为比萨城内那一座造型古拙而又秀巧的钟塔，其建筑风格堪称罗马式建筑的典范。然而，它让人们惊叹的远不止这些。据介绍，每年大约有 80 万游客来到塔下，一方面，游客们对它那“斜而不倾”的塔身无一不流露出忧虑，因而对它寿命的长短非常关切；另一方面，又为能在它未倒塌之前目睹此塔的风采而深感幸运。它，就是著名的比萨斜塔。

我们一行来到比萨斜塔跟前时，是五月一个烈日当空的正午。想要和它合影留念的愿望，因为强烈的光线照射而很难实现。同伴们抱着“到此一游”的想法，不惜把自己的脸变成“包公”，也要留此存照。几个男士倒也罢了，只是让原本爱美而又漂亮的女士有了一张“包公脸”，实在有些于心不忍。此次同行，一路上我自告奋勇充当起业余摄影师，几天下来大伙儿对我的技艺还算认可。这会儿，也算是我自我表现一番的时候了。于是，我略施小技，让“包公脸”从同伴们脸上消失。这个问题刚解决，新的问题又出现了。有人发现，在我镜头里的比萨斜塔变正了。果真能让此塔变正，那倒是会在世界范围内产生轰动的，在照片中变正那就没味道了。我只得重新调整摄影角度，尽可能保证塔和人的整体效果。

我一边忙着为同伴拍照，一边从镜头中欣赏斜塔的风姿。这座始建于 1173 年、完工于 1350 年的钟楼，为八层圆柱形建筑，整体高度为

54.5 米，平面圆形的直径为 16 米。据介绍，除底层和顶层有所不同外，其余六层结构完全一样。斜塔底层有 15 根圆柱，中间六层各有 31 根圆柱，顶层有圆柱 12 根。斜塔每层都有由圆柱构成的拱门，总共有 213 个，所用材料质地为大理石，重达 1.42 万吨。斜塔底层墙壁上刻有浮雕，顶层有钟亭。塔内沿石柱有宽 4 米的环行走道，设有螺旋台阶 294 级，游人拾级而上至塔顶，比萨城的秀丽风光可尽收眼底。人们还可以从塔中间的楼梯走到任何一层的围廊上向外眺望。大概是天气太热，太阳太火，塔楼的围廊上不见一个人影。唯有通体乳白的钟楼，在热日下熠熠生辉，很是耀眼。

和我们同行的付先生告诉我，比萨斜塔是奇迹广场上的三大建筑之一，是比萨城大教堂的独立钟楼。它之所以如此有名，成了比萨城的标志，是因为 1590 年，年轻的物理学家伽利略曾在此钟楼上做过一个彪炳史册的实验——自由落体实验。当时的欧洲，人们对亚里士多德这样的大科学家信奉得近乎虔诚，对其“物体下落的速度和重量成正比”的论断一点也不怀疑。年轻而富有挑战精神的伽利略，决定用实验来检验亚里士多德论断的准确性。于是，经过精心准备之后，年轻的科学家登上了比萨斜塔的顶层，面对塔下众多的围观者，将事先准备好的一大一小两只铁球一起从手中松开。不要说，人们看到了两个尽管重量不一的铁球同时落地了。这个现在看来只是个常识的问题，在四百多年前却是一个伟大的发现。这一伟大发现，否定了亚里士多德的论断，诞生了物理学中的一个基础理论。至此，自由落体运动实验让人们记住了比萨斜塔。一提及比萨斜塔，人们自然也会想到它是自由落体实验的所在地。

现在想来，伽利略把这样一个伟大实验选在比萨城大教堂的钟楼上来完成，明显跟钟楼的楼身是倾斜的有关。而早在八百多年前，这座钟楼的第一位建筑设计师博纳诺·皮萨诺，由于他对塔基土层特殊性掌握不够，导致钟楼兴建到第四层时发生了倾斜，钟楼只得停工，而成了半拉子工程。据说，博纳诺·皮萨诺本人为了逃避责任，跑到罗马去了。他做梦都不会想到，正是由于他当时的一个疏忽，为斜塔的形成奠定了基础。换句话说，没有这位建筑师的疏忽，也就不会有今天的比萨斜塔。比萨斜塔如果塔身不斜，伽利略还会不会选取这里做自由落体实验呢？我想，很可能不会。如此，时隔数百年之后，比萨要感谢博纳诺·皮萨诺，意大利要感谢博纳诺·皮萨诺，乃至全世界都要感谢博纳诺·皮萨诺，感谢他的疏忽，感谢因他的疏忽而诞生了伟大的杰作，并由此诞生了伟大的发现。

自然，或许有人会说，仅有博纳诺·皮萨诺的疏忽还不够。这当中，如果在1185年兴建到四层发现倾斜后就永远停工，没有1231年的工程复工，没有勇敢而智慧的建筑师托马索·皮萨诺完成了斜塔的施工，自然也就不会有今天完整的斜塔；如果事隔90年后，另一位建筑师西蒙试图将塔身调正的愿望得以实现的话，今天我们所见到的塔身自然也就不会是斜着的了。然而，我还是要说，这一切都是因为博纳诺·皮萨诺的疏忽播下的种子。否则，一切无从谈起。

早在1987年，国际古迹遗产理事会在确定比萨斜塔入选世界遗产名录时，认为比萨斜塔“代表了人类创造精神的杰作”。依我看来；人类创造精神体现在这座斜塔建建停停的整个过程中，在前后约二百年的时间里，人们想方设法，试图通过多种方法、特殊设备、各种材料来完成因博纳诺·皮萨诺疏忽而遗留下来的“半拉子工程”。事实上，经过几代人的不懈努力，人们的愿望实现了。比萨斜塔的建成，昭示着人类创造力不可限量，颂扬着人类创造精神的伟大。

但愿比萨斜塔真的能“斜而不倒”，恒久矗立在奇迹广场上，让世人永远欣赏得到它的绝代华彩。

# 科隆大教堂前的遗憾

进入德国的第四大城市科隆，我的心情变得迫切起来。实在说来，这个城市在德国排第几大，我一点儿不关心。我的老家，一个县级市，人口就比科隆多出了一倍。但德国的谚语中有这样一句，“没到过科隆就没到过德国”，这让我不能小瞧了科隆。其实，让我一踏入科隆境内就变得心情迫切的原因和多数来访者一样，是因为被列为世界三大教堂之一的科隆大教堂和举世闻名的莱茵河就在科隆境内。

科隆大教堂的名声实在太响了，虽然我从没想过哪一天能踏步进堂，亲身感受一下它的庄严肃穆，领悟一下它丰富博大的蕴含。但我从未忽视过它的存在。对它还是有着初步的了解。这座全名为“查格特·彼得·玛丽亚大教堂”的哥特式宗教建筑，其兴建的原因说起来很有意思，跟我们不同地域之间相互争夺同一历史文化名人、建立在某一方面领袖地位较为类似。700 多年前，为了保住科隆朝圣地的地位、打败巴黎的强有力竞争，科隆主教团决定修建一座世界上最大、最完美的大教堂，来供奉 1164 年莱纳德征战米兰时夺得的朝拜初生基督的东方三圣王的遗骸。于是，富人捐款，穷人出力，艺术家奉献聪明才智，统治者全力支持，公元 1248 年 8 月 15 日大教堂正式奠基。此后，经过长达 600 多年的建设，终于在 1880 年 10 月 15 日彻底竣工。

这座占地 8000 多平方米、建筑面积约 6000 平方米，东西长144. 55 米，南北宽 86. 25 米的庞大建筑，全部用磨光的石块砌成，用石材 40

万吨。教堂主体建筑高135米，最高处的塔尖超过了157米。教堂的钟楼上装有5座吊钟，其中最重的圣彼得钟，重达24吨。

同样，对于与科隆大教堂相邻的莱茵河，因为从小接受的是红色教育，由马克思、恩格斯而记住了美丽的莱茵河。后来读海涅的诗，知道了莱茵河上妖女与船夫的传说——

传闻旧低回，我心何悒悒。
两峰隐夕阳，莱茵流不息。
峰际一美人，粲然金发明，
清歌时一曲，余音响入云。
凝听复凝望，舟子忘所向，
怪石耿中流，人与舟俱伤。

海涅诗中讲述的便是妖女罗累莱变成崖峰矗立在莱茵河畔，每当有船夫经过，她便会现出美丽的容貌，唱起动听的情歌，船夫因受其所惑，丧身河中者不计其数。对于这样一条充满浪漫色彩的河流，心中不免向往。如此一来，心情急切尚在情有可原之列吧。

然而，当我兴冲冲下车，直奔科隆大教堂，在大教堂前所见到的景象，让人顿生遗憾。原本见到大教堂那两座高高的尖塔，恰似两柄利剑直插云霄，双塔四周簇拥着高低错落、造型类似的小塔，让双塔的王者之霸气毕现无遗，令人折服。可是，当我转眼向下看时，竟发现了教堂前新立了一尊塑料质地的雕像——大卫。整个雕像蛮高大的，呈肉色，微红。就雕像本身而言，其姿态不可谓不传神，细节不可谓不生动。但是，这样一件作品置于此，在我看来，实在是大煞风景。整个教堂通体用石块砌成，显得庄严典雅，在教堂前置放一个全新的塑料质地的雕像，真是不伦不类；整个教堂建筑的色调呈银灰色，显得凝重厚实，与《大卫》雕像所呈现出的肉红色极不协调，原本的氛围明显破掉了；在历时数百年的经典建筑面前，置放一个现代人的雕塑作品，企图做宣传推介，实在是画蛇添足。我真的不知道，作如此之举者是否经过慎重思考，亦不知同意立此雕像者是否想过此举所带来的后果？有一点可以肯定，科隆大教堂前的这座新立的塑像，其作者想展示自己技艺、提升作品影响力的初衷与现实效果完全是相反的，并且这种负面影响所影响的不仅仅是雕像创作者的声誉。

不论在教堂前怎样感到遗憾，来到了它的面前如果不进去观看那将是更大的遗憾。置身于这座世界建筑史上的杰作之中，我用贪婪的目光欣赏着从法国建筑家凯尔哈里特到德国著名建筑师卡尔·腓特烈·辛格勒等众多大师智慧的结晶。抬头仰望高达 40 多米的教堂中央大礼拜堂的穹顶，在阳光的反射下绚丽多彩，富丽堂皇。特别是那些刻有圣经故事的彩色玻璃窗，据说有一万平方米之广，实为世之罕见。坐在教堂里的木椅上，凝望着正前方似悬非悬的耶稣受难像，熠熠的金光散发开来，似乎要穿透人的胸膛，让世间的每个人都远离灰暗，把心变得敞亮。耶稣受难像下方便是镇堂之宝——三王龛。这是由黄金、宝石和稀世饰品组合而成的“宝中之宝”。

用 632 年来修建一座教堂，如果不是亲身坐在其中，我真的难以想象这是真的。有位中国学者曾说过，在欧洲常见上百年的教堂，而在中国难见上百年的城市。这让我想起巴黎人引以为傲的一句话：“一百年前的巴黎人，就生活在现在这样的城市里。”眼前这座耗时如此之久的教堂，最终呈现出典型的哥特式风格，如果没有系统的设计，如果没有建设者们的执着信念，显然是不可能的。科隆大教堂整个建设过程中所蕴含的德意志民族精神是其他建筑所无法比拟的，这才是它带给人类世界最宝贵的财富。由此我想，任何一段历史，任何一种文化，任何一类艺术，其最终得以传承，很大程度上在于继承者的忠心耿耿。我们在这一方面，有值得骄傲的，但更多的恐怕还是遗憾。

从科隆大教堂出来，我的心中由一种遗憾被另一种遗憾所取代，心中不免杞人忧天起来。同伴中有人见我闷闷不乐，以为我还在为那教堂前的雕像而不快，赶紧催促我离开，前往莱茵河。说是莱茵河美得很，定有佳境弥补我先前的不愉快。

果然，离开教堂没走多远，莱茵河便出现在我们眼前。望着平静而柔和的波浪，让我想起了《莱茵河波影》。这是班得瑞乐团很有影响的专辑，从第一首《雪之梦》开始，虫鸣流水的声音和着知性舒缓的旋律流入耳际，到第二首在竖琴拨弦声中进入莱茵河的《无垠水平线》，让你感受到的是那淙淙流水所带来的雅致，是虫鸣流水所给予人的心旷神怡。眼前的莱茵河，波光粼粼，曼妙无比，有如一曲现场版的《莱茵河波影》，让人感受到别样的清新，有如“取自大自然的心灵营养剂”（奥利弗·史瓦兹语）。

说来也怪，在莱茵河柔波的映衬下，河上原本坚硬的钢质结构的大桥，在我的眼中也变得柔美起来。桥面上那优美的弧线，起伏舒展，有如雨后天空的彩虹，透出无限的诗意。河岸边高大的树木，枝叶茂密，翠绿欲滴，充满了勃勃生机。偶或，有几张长条木椅，靠岸树而置，想来是供人小憩之用的。坐此椅上，可以漫不经心地品味莱茵河诱人的美景，该是何等的悠然自得？有美景如此，容我暂且把遗憾束之高阁，好好欣赏眼前柔之极、美之极的莱茵河波影吧。

# 两位可敬的老人

在欧洲逗留的日子里，不仅让我为她的艺术魅力而惊叹，那些精美绝伦的雕塑作品，那些色彩绚丽的绘画作品，那些气派恢宏的建筑物，无一不堪称世之瑰宝，同时，她的自然风光也让我迷恋：那高低起伏，呈现优美地平线的广袤平原上，满眼的绿色叫人心醉；那一条条闻名遐迩的河流，虽然我心仪久矣，此次终得相见，让我领略到塞纳河两岸的迷人风光，莱茵河的清澈悠扬，阿姆斯特丹运河畔的万种风情，多瑙河水竟如此激越奔放；还有那一路与我们为伴的阿尔卑斯山脉，蜿蜒漫长，无论是近处群峰的葱葱绿色，还是远处雪峰的银装素裹，都让我心旷神怡，思绪激荡。

然而，我在欧洲的收获远不止这些。这短暂的几日，让我对创造欧洲古老文明、灿烂文化的先贤们，对再造欧洲今天繁荣富强、和谐安康的人们，多多少少有了一些感性的认识。这当中，有两位老人不经意间闯入了我的视野，在我脑海留下了挥之不去的印记。

提到法国的凯旋门，它的知名度无疑是极高的。而提到法国的无名战士墓，或许知道的人就不如凯旋门那么多了，尽管它就在凯旋门的下面。当然，如果是到过凯旋门的人，知道这一点也就很自然了。为了让在第一次世界大战中阵亡将士的家属有一个寄托哀思的所在，法国政府下令建起了无名战士墓。与地面相平的墓，四周设有短柱，柱子之间拴有铁链，如此形成一个象征性的墓地保护圈。紧靠着铁链下方，是一圈用紫铜条嵌成的墓地边界。墓地上燃烧着一柱小小的火炬，火炬下面刻着一行字：一个 1914 年至 1918 年为祖国捐躯的法国战士安睡在这里……

我来到无名战士墓参观时，正有一位老人在墓地上劳作着，他身子几乎是趴在墓地上，双膝跪着，双手支撑着身子前移，在慢慢移动的过程中，手中的抹布不停地在紫铜条上擦拭，动作极仔细，极认真。尽管他身后有一群同胞在观看，但他似乎旁若无人，专心致志地重复着自己的动作，确认紫铜条上灰尘除净了，才将身子前移。这是怎样的一位老人啊，因为他始终专心于自己的工作，我没能看清他的面部轮廓，但他那一头银白短发，让我感到一种军人的干练。他穿着一身长长的深蓝色工作服，双手戴有长筒胶手套，明眼人一看便知，他做这种事情有时日了，动作干练而细致，让人看得出他对这片墓地的呵护。我猜想，他很可能是一名老军人，来这儿承担这样的劳动纯属自愿，用一个较为时髦的称呼叫志愿者。既然是志愿者，自然也就没有报酬，恐怕自己还得花钱添置些从事此项劳动所必需的物件。这位老人所做的一切，无疑是对第一次世界大战中阵亡将士最好的纪念。

我碰到另外一位老人的地点不是在法国巴黎，而是在荷兰的阿姆斯特丹。坦率讲，阿姆斯特丹原先在我的印象里是个风花雪月、风情万种，街头飘浮着脂粉气的地方。然而，上帝让我碰到的这位老人，改变了我对这座城市的看法。那日，我和同伴们从一家水晶加工厂出来，步行于街头，在过一座小桥时，桥边摆小摊儿的老人见到我们便热情地用中文和我们打招呼："你好，你好。"显然，他知道我们来自何方。既是礼仪之邦来的，我们礼貌地回应也是应该的。就在我们几个同伴友好地和那位老人打招呼的当儿，老人竟然从摊位上走下来，一边反复说着"上帝保佑你"，一边从他的摊位上拿起一本本小册子分给我们。我一看，一本叫《一封给你的信》，一本便是《圣经》节选——《马太福音》。同行者中有人被眼前这位老人把情绪调动起来了，主动提出和他合影留念，老人开心得像个小孩子似的，满脸笑意，张开双臂把我们几个都揽到跟前来了。“别动，照了。”这回是旁人当摄影师，我和老人站在了一起。

临离开时，我才细细打量了一下这位热情纯朴、善良友好的老人。但见他头戴一顶米色布帽，身着浅蓝色衬衣，让人一见便忘不掉的是他那满脸金黄金黄的络腮胡子，留得挺长的，只是从帽沿边露出的两鬓已经花白。看得出来，他对自己的生活很满足，他每天的日子过得很快活，很开心，脸上洋溢着的笑容是喜悦，是满足。看起来，他为能向来自遥远东方的游客推荐出如许多的关于基督教教义的小册子而感到满意。他似乎找到了自己存在的意义和价值。

两个国度，两种环境，两个不同的老人。法国巴黎无名战士墓上从事义工的老人，他把自己的情感寄托在现实世界之中，他所奉献出来的是自己的劳作，这无疑值得人尊敬；而荷兰阿姆斯特丹小桥边摆地摊的老人，他把自己的情感寄托在虚拟的神的世界之中，他不放弃向从他面前经过的每一个人推荐《圣经》、宣扬教义的机会，他所奉献出来的是自己的诚心，在我看来，这同样值得人尊敬。毕竟，他所推崇的基督教是劝人积善成德，弃恶行善的。尽管两位老人的精神寄托不一样，可谓是一实一虚，但他俩有一点是共同的，那就是用心去做自己想做的事，无论是在现实的环境，还是在虚拟的世界，他们的态度是相同的，用心投入，义无反顾。我想，任何人做任何事，只要能达到这一点，就一定能有一个属于自己的精彩人生。

# 美泉宫见证着什么

走进维也纳美泉宫，我所感受到的不仅仅是它的富丽奢华。诚然，这座建于17世纪，曾是奥匈帝国和哈布斯堡王朝家族的皇宫，无论是它整体建筑所体现出来的巴洛克风格，还是其中部分房间所透露出的洛可可风格，无一不向人们展示着数百年前哈布斯堡王朝家族的气派。宫殿长廊的墙壁上，历代皇帝的肖像画和玛丽亚·特蕾西女皇16个儿女的画像，色泽依然，鲜艳夺目。据说，这座宫殿建筑规模仅次于法国著名的凡尔赛宫，总面积达2.6万平方米。

恕我直言，美泉宫尽管有着悠久而丰富的历史，现在已经成为奥地利重要的文化标志之一，但对于多数参观者而言，则是冲着茜茜公主和她夫君而来的，冲着他们夫妻俩动人的爱情故事而来的。美泉宫，该是他俩情感生活的见证者吧，你到底见证着什么呢？

1830年，弗朗茨·约瑟夫一世降生于美泉宫。当他长到18岁那年，因政治动荡，叛乱四起，他伯父斐迪南一世逊位，约瑟夫登上了皇帝的宝座，成为奥地利帝国第一位皇帝。这位弗朗茨·约瑟夫，就是世人所熟知的茜茜公主的丈夫。据说，原先给约瑟夫这位年轻皇帝安排的皇后人选并不是茜茜，而是她的姐姐埃莱娜公主。相亲那天，埃莱娜公主打扮得端庄贤淑，一副准皇后的样子。说实在的，相亲原本也只是个形式而已，约瑟夫的母亲和他的姨妈都有了默契的。谁知，冒冒失失的小茜茜闯了进来。可就是眼前这个头扎小辫子、身穿普通连衣裙的黄毛小丫头，让年轻的奥地利皇帝一见倾心，竟然把原本给埃莱娜公主的鲜花给了她。年仅十五岁的茜茜，甚至还不能完全明白送她这束鲜花意味着什么，但当她的母亲和姨妈问她爱不爱眼前这位年轻的皇帝时，小茜茜天真地回答道："他，我又怎么能不爱呢？他要不是皇帝就好了。"就这样，冒失的黄毛小丫头成了弗朗茨·约瑟夫一世的妻子——奥地利帝国的皇后。

1854 年 4 月 24 日，哈布斯堡王朝为弗朗茨·约瑟夫一世举行了热烈隆重的婚礼，可爱而迷人的茜茜成了世界上最美丽最幸福的新娘。他们是不是真如电影《茜茜公主》里所再现的那样，从此就开始了温馨而浪漫的婚后生活呢？

说来也巧，在我驻足美泉宫探寻茜茜公主情感脉络时，忽然想起，再过几天便是电影三部曲《茜茜公主》中茜茜扮演者罗密·施奈德去世 25 周年纪念日。这位出生于维也纳艺术世家的"影坛公主"，她所再现的少女茜茜清纯活泼，皇后茜茜高贵典雅，真的宛若天成。尤其是她那迷人的微笑，驱走了"二战"给奥地利人带来的阴霾，重塑了奥地利人建设家园的信念。毫无疑问，罗密·施奈德成了人们心中茜茜公主的化身。电影中的茜茜有着充满浪漫气息的爱情，关爱体贴自己的丈夫，温馨而幸福的家庭，虽然偶或与夫君也有些小摩小擦，与苏菲姨妈——皇太后也有矛盾冲突，但这些，并不妨碍人们对她和约瑟夫那种充满浪漫气息的美好爱情生活的向往。正因为如此，我也宁愿把电影中的一切，与美泉宫中的一切等同起来，可是我心里清楚，这一切等同不起来。

遥想当初，茜茜公主与弗朗茨·约瑟夫一世之间确实有过美妙的开始。从小受着严格宫廷教育的约瑟夫，养成了严谨审慎、一丝不苟的性格。据说，他是个威严勤政的好皇帝，每天早上五点开始工作，就连用早餐和午餐时都要看公文，一天当中绝大多数时间不离开办公桌。如此严谨刻板的一个人，猛一见活泼可爱、美丽动人的小茜茜，为之动心、想抓住不放也就在所难免了。而从小在巴伐利亚秀丽的湖光山色中自由快乐成长起来的茜茜，一见英俊潇洒、沉稳干练、男子气十足的约瑟夫，为之怦然心跳，芳心荡漾便是情理之中了。他们各自完全不同的气质，最初能相互吸引、彼此欣赏，一点也不足为怪的。

但生活在一起日子长了，性格上的差异，再加上客观情况的变化，茜茜公主和她的夫君两人格格不入的情形便越来越多，最终导致他俩聚少离多，美泉宫极少见到茜茜的身影，她的足迹遍及亚洲及非洲大陆。成为皇后之后的茜茜公主，仍然特立独行，但情感又十分脆弱，在外人看来荣耀风光，其内心却郁郁寡欢，一直在拒绝扮演传统的妻子、母亲、皇后的角色。作为奥地利帝国的第一位皇帝，弗朗茨·约瑟夫一世在他 68 年的统治生涯中，也并不如人们想象的那样总是风光和辉煌。1859 年，他亲自上阵和撒丁王国开战，依然没有能够挽回失败的局面。他实际上经历了一个强大帝国漫长而痛苦的衰败乃至崩溃的过程。至于说到他的身边总有情妇相伴，那么，茜茜对安德拉希伯爵的深深依恋也不是空穴来风吧。

行文至此，我的内心情感变得复杂起来。对于我这样一个普通游客来说，美泉宫究竟见证着什么，一下子变得不那么重要了。我实在不想破坏了人们心目中茜茜公主美丽的形象，不管怎么样，她仍然以自己的美丽容貌、个人魅力和浪漫忧郁的气质受到了当时广大臣民的爱戴。就连她的扮演者罗密·施奈德那充满青春魅力的微笑，也成了“二战”后满目疮痍的奥地利医治人们心灵创伤的一剂良药。

在如今的奥地利，我实在无法分清楚人们喜欢的到底是茜茜公主还是她的扮演者罗密·施奈德。在维也纳街头，我看到卖旅游纪念品的小店里，摆满了各式各样印有茜茜画像的陶锡制品、明信片之类，可人们口中交谈得更多的却是电影中的茜茜，充满青春朝气，有着旺盛生命力，这是老资格的美泉宫所未能预料到的。

# 世俗的罗马

对罗马的向往由来已久，她的浪漫与温馨，实在是让人着迷。一部《罗马假日》让多少青年男女迷恋，时至今日，仍不能让我释怀。人们一直认为，上帝是公平的。公平的上帝为什么让并不富有的来自美国的记者乔有如此的际遇，碰到了在喷水池边长椅上睡着了的安妮公主呢？浪漫的爱情由这样一次偶遇而产生了。当奥黛丽·赫本那张纯洁无瑕的脸庞出现在银幕上，当她步履轻盈面带微笑从远处走来，一直走进了我的心田，带给我一个浪漫温馨、难以忘怀的罗马假日。由此，我迷恋上了罗马。

我期盼着漫步古罗马竞技场，贴耳那巨大的圆形残壁，聆听两千年前罗马人排山倒海、地动山摇般的疯狂呐喊；我期盼着置身于万神殿，亲眼见识一下“天使的设计”，让万神之光从那高大的穹顶直射我身；我期盼着沿威尼斯广场的石阶而上，从不同角度看看罗马，近距离领略一下完成了意大利统一大业的维克多·埃曼纽尔二世骑马的雄姿；我期盼着来到许愿池边，如来这里的所有人一样，背对清澈见底的池水扔出手中的硬币，为亲人、为爱人、为友人许下心愿；我期盼着……

当我踏上罗马这块土地时，虽然不如乔那么年轻，但想想跟他有着同样的职业，心中不免有些自得。说实在的，我并不幻想能碰上什么安妮公主，更没想过要与之碰撞出爱的火花，但心中倒是盼望能感受一下罗马特有的浪漫与温馨的。或许是应验了期望越高失望越大这句老话，走进罗马城之后，我没有一点儿浪漫的感觉，那种烦躁与喧嚣，充塞着罗马城的每一个角落，彻底瓦解了罗马的诗意，让我颇为失望。我看到的是一个世俗的罗马。

在罗马碰的第一件让人不放心的事，便是安全感缺失。与我们同行的付先生几乎每月都要带团来罗马的，他一再叮嘱，各人要保管好自身物品，罗马小偷多得全世界有名。他如此说，自然是有发言权的。面对这样的友情提醒，我心中的罗马正离我远去，我所企盼的浪漫与温馨在消退。因为担心物品安全，我们只得先把车上的行李送至下榻的宾馆。在后来的罗马行程中，付先生始终谨慎得很，诸多景点他都一人留在车上照看行李，生怕有意外发生。此是后话。

原本早早地就能开始罗马的旅游行程，现在只好从城里先赶到郊区下榻处，再返回城里。如此折腾了四五个小时，让我们碰上了第二个不顺心的事，堵车。罗马的道路交通不可谓不发达，不是说条条大路通罗马吗？我看这不仅是说罗马繁荣发展得早，敢拿路来指代罗马的繁荣，至少说明罗马的道路交通早就很发达了。可我们看到的情形是，车辆多而无序，宽阔的路面被车子铺满了；行人随意穿梭于车辆之间，散漫而自由。同伴们颇为感慨，这些天的欧洲之行还没看过如此混乱不堪的场景呢，即便是国内的城市像这样的也不多，亏得还是在罗马。

罗马的自由散漫与混乱不仅体现在交通状况上，沿街的店铺墙壁上几乎被各式各样的笔迹填满了，杂乱无章，令人眼花缭乱，偶或有一两块稍干净一些的墙面，大伙儿都会惊喜地叫出声来：“这块还没画。”墙壁环境差，地面环境也好不到哪儿去。到处都有吸烟的人，烟蒂满地，痰迹斑斑，真的让人不舒服。可奇怪的是，就是这样一个罗马，游人如织，客流量高得出奇。无论是古罗马竞技场、威尼斯广场，还是万神殿、许愿池，无一例外都是挤满了游人，场面很是壮观。我颇为费解，只得请教付先生。付先生告诉我，欧洲其他国家都很严谨，诸如车辆必须礼让行人，红绿灯都可由行人自由调控；行人自身素质也很好，从不乱穿马路，违规者极少，一旦违规，等待违规者的定是重罚。这种长期的束缚，无疑使人们希望有一个释放的空间。罗马满足了人们这种心理期许。你只要一到罗马，尽可以自由散漫，尽可以不守规则，这样一来，随地吐痰，乱扔烟蒂，乱写乱画，便不足为怪也。

听付先生这么一说，罗马倒是个极其人性化的地方了。坦率地说，我并不能从心里完全接受他的说法。外来者短暂的释放之后，把脏乱差留给了罗马，留给了罗马的市民。长期生存在这样一种环境的罗马人会做何感想呢？

中国学者中余秋雨先生可谓见识广博，他把“伟大”一词送给了罗马，我猜想大概是从文化意义上而言的吧，更准确一点应该是指古罗马。我在罗马逗留时间太短，很遗憾自己感受不到罗马的浪漫与温馨，亦遗憾自己未能体会当今罗马的伟大。

# 鸟语花香的清晨

一踏上荷兰的土地，便让我心生敬意。来自“锅底洼之乡”的我，对于水有着特殊的情感。我出生的那年家乡发大水，30 年后我又将小船儿划上了大街，城区的街道成了水巷，城市真的有如一片荷叶在水上荡漾着，随时都有没入水中的危险。而荷兰这个国家跟我的家乡一样地势低洼，全境 4 万多平方公里的土地有三分之一海拔不足 1 米，有四分之一低于海平面，是个名副其实的“低地之国”。令人敬佩的是，为了避免海水倒灌的“灭顶之灾”，自 13 世纪以来，荷兰人围垦造地，风车抽水，建成了长达 1800 公里的海堤，使国土面积增加了五分之一。其国徽上镌刻的威廉大公格言“坚持不懈”成了荷兰民族精神的真实写照。

5 月 9 日晚，我们入住距离荷兰首都阿姆斯特丹大约半小时车程的夜莺酒店。因为天色已晚，加之一天行程较远，一大早从布鲁塞尔出发，经海牙，到阿姆斯特丹，一路下来我和大伙儿一样都有些倦意，简单洗漱之后便睡了。这一夜，省了叫醒服务。清晨，天色尚早，窗外树丛中的小鸟“叽叽啾啾”地叫个不停，我被小鸟们叫醒了。在欧洲的这些时日，多数是由酒店提供叫醒服务的。这会儿，既已被小鸟们叫醒，睡意已无，于是起身走出酒店，一来呼吸一下外面清新的空气，二来看一看酒店周边的环境。

还真得感谢窗外树林间的小鸟们，是你们让我有机会在荷兰首都的郊外散步，拥有了一个鸟语花香的清晨。当我步行出了绿树掩映中的夜莺酒店，看到的是大片大片的田野。大片大片的田野上，长满了色彩艳丽的郁金香。一片红，红似火焰；一片黄，黄如鹅绒；一片白，白得像飘浮着的云朵。这荷兰的郁金香早就闻名遐迩，享誉全球了。今日一见，给我极强的视觉冲击。尤其是我来欧洲前几天，刚去河南洛阳看了牡丹，原本以为洛阳人能把牡丹的文章做到如此程度已属不易。现在一看荷兰人把郁金香文章做得如此之大，真的是由衷赞叹。这个地域并不辽阔的国家，竟然种植有44430英亩的鲜花，花卉出口占国际花卉市场的40%—50%。其中，郁金香就有30亿株，如果把它们排列起来，能够围绕赤道7圈，那将是何等壮观的景象。难怪人们把荷兰称为“欧洲花园”呢。

听与我们同行的付先生说，很多人认识荷兰，就是从郁金香开始的。这种原产于土耳其和中亚细亚一带的花卉，17世纪引进荷兰，它艳丽的色彩和美丽的传说深深吸引着充满浪漫气息的荷兰人。相传在远古时代，一座城堡里住着一位美丽的少女，有三位勇士同时爱上了她。但三位勇士表达爱情的方式并不一样，一个送给她一顶皇冠，一个送了把宝剑，一个则送了块金砖。可是，无论他们三人所送礼物多么贵重，少女她对谁都没有打开自己的心扉。三位勇士只好向花神祷告。花神深感爱情不能勉强，遂把皇冠变成花朵，宝剑变成绿叶，金砖变成球根，这样组合成了一枝艳丽无比的郁金香。郁金香从此成了青年男女之间表示爱慕之情的信物。时至今日，在每年的情人节为了表达爱意的少男少女们，除了赠送玫瑰，也把送郁金香作为向心爱之人传情达意的最佳选择。这当中，每种颜色的郁金香都有着特定的寓意。红色郁金香，表示我爱你；紫色郁金香，象征忠贞的爱；黄色郁金香，一种没有希望的爱；白色郁金香，意味着失恋；黑色郁金香，除了代表骑士精神之外，还表示忧郁的爱情。如此一来，有人便开玩笑说，轻易不要将黄色的郁金香送人，尽管黄色郁金香给人温柔妩媚之感。我倒是觉得没什么，两性之间的情感虽然有时很难说断就断，一旦情缘不再，送上一束黄郁金香未尝不可，对于接受赠花者未必就是不好的事。藕断丝连，却又两情相伤，结果只能在各自心底留下抹不掉的伤痛。

说到黑郁金香，让我想起 19 世纪，法国作家大仲马所写的传奇小说《黑郁金香》。黑郁金香给大仲马“艳丽得叫人睁不开眼睛，完美得让人透不过气来”的感觉。我只知道它是稀世珍品，这阿姆斯特丹郊外田野上是无缘见到了。听付先生说，其实，纯黑的花是没有的。黑郁金香所开的黑花，并不是真正的黑色，它有如黑玫瑰一样，实际上是红到发紫的暗紫色。这些黑花大都是通过人工杂交培育出来的。诸如荷兰所产的“黛颜寡妇”“绝代佳丽”“黑人皇后”等品种，所开的花都不是纯黑的。

荷兰的郁金香有着自己的节日，在每年最接近 5 月 18 日的星期三。我翻看了一下日历，今年的郁金香节该是 5 月 16 日。此番荷兰之行，正应了“行色匆匆”四个字，没有关注花节之可能了。自然也就不能欣赏到荷兰人用五颜六色的鲜花装饰成各种各样的花车，在乐队的伴奏下，浩浩荡荡地穿街过市的热闹景象了；亦无缘看到头戴花环、挥舞花束、在簇拥的人群中游行的“郁金香女王”了。那一条条街道变成一道道流光溢彩花之河流的美景，也只能出现在我的脑海中了。

几天之差，让我与花节无缘，心中的遗憾是难免的。好在，在这样一个清晨，让我置身阿姆斯特丹郊区的田野，领略到了郁金香的恣意摇曳，艳丽高雅，色彩缤纷。的确，人们会因为郁金香而记住荷兰，记住这座“欧洲花园”。我会因为郁金香，记住这个原本极寻常的清晨。

# 穿行欧罗巴五万里

生平第一次欧洲之行由法国巴黎启程，经卢森堡，到比利时的布鲁塞尔，再到荷兰的海牙、阿姆斯特丹。在德国境内停留的点最多，有科隆、法兰克福、路德维希港、海德堡、斯图加特、慕尼黑和萨尔斯堡七个城市，然后进入奥地利著名城市维也纳。威尼斯则是我们在意大利的第一站，由威尼斯沿途经佛罗伦萨、比萨，在罗马结束行程。更确切地说，此行终点站还应说是在位于罗马城西北角的梵蒂冈城国。有人粗略地算了一下，整个行程约在5万里。十多天的时间，5万里的行程，汽车载着我们在高速公路上疾驰时并不曾觉得路途的遥远，结束行程后如此一算，还是让我心生自豪的，毕竟这也是我生平最长的一次行程了。

在这5万里的行程中，我们多半是与阿尔卑斯山脉结伴，与地中海为邻。阿尔卑斯山脉蜿蜒而绵长，近处的山脉，看上去山峰较为平缓，少有峭壁悬崖，被林木装扮得郁郁葱葱，生机盎然，这似乎和在国内经常看到被开采、裸露着山石的山峰不一样；远处的山脉，则是另一番景象，陡峭的山峰为皑皑白雪所覆盖，映入人们眼帘的是一座座雪峰，银装素裹，分外妖娆。阿尔卑斯山脉几乎是一路与我们同行，在我们视线能及的范畴内。而地中海就不一样了，我们一路能够感受到它的存在，偶或也能看到它的身影，说起来只能是为邻而不能结伴。真正一睹它的风采，是我们有一天停留用餐的时候。

说来要感谢随我们同行的付先生，那天我们用餐的地点就在海边，从餐馆玻璃窗向外看，蔚蓝色的大海就在眼前，远处的海面上有几艘海轮正在航行着，近处的海边沙滩上，海鸥在低空中飞翔，有的不时发出鸣叫，有的扑打着双翅欲停在沙滩上。看来，这里的海鸥见游人多了，竟能与游人在沙滩上同行，如若你有食物抛出，海鸥便会尾随身后，这种人鸟相融的状态，挺好。餐后小憩，我和同伴们一边欣赏蓝丝绒般的地中海，一边与沙滩上见多识广的海鸥嬉戏，我把相机镜头更多地对准了这群可爱的海鸟。

早听人说，欧洲是个美丽的大花园，好看得很，到处是景，入得镜头则又如画。此番5万里行程中，我算是身临其境，亲身感受到了这一点。从巴黎出发，往卢森堡，一路走来，我眼中所见是绿色的田野。想来是因为多属丘陵地形，整个田野开阔、起伏，有了别样的韵味。田野上的树木，田地里的植物，一眼望去有淡绿、深绿、墨绿，层次极为分明，有如一幅幅油画。偶尔有零星的油菜花，金灿灿地开着，在绿色的原野上很是显眼，这倒成了一幅幅油画中的点缀。其实，我的家乡长油菜颇多，花开时节远比此处所见壮观、好看。专程前往看油菜花的游人也不少，近几年国外游客也渐渐多了起来。只是此时家乡油菜花期早过，该收获油菜籽了。

沿途，不时有成群的奶牛在吃草，那奶牛身上的斑纹很是好看，跟我的家乡水牛肤色完全不一样。我的家乡水牛多为棕黑色，少有斑纹。这里的奶牛肤色较嫩，有纯白的，有黑白相间的，牛们吃草的样子悠闲得很。让我感到有些奇怪的是，我的家乡牛是得有人来放的，这放牛的活儿我小时候就干过。这里田野上成群成群的奶牛，却不见一个放牛的。难不成他们就不怕这些奶牛丢了吗？

我的这种担心自然是多余的，眼前大片大片的牧场给了我答案。正因为有大片牧场的存在，田地里种粮食的相对少多了，平整得像绿绒毯子一般的净是牧草，供奶牛食用。当地人自然就少吃粮食，多喝牛奶，多吃牛肉了。这样的生物链，不由你不佩服。也正因为如此，我这一路下来，就没能在田野上看到几个劳作的人，也少见如我的家乡一般的村庄。偶或，在绿树掩映之中，有红色尖顶房屋露出，三三两两，稀疏而错落，够不上严格意义上的村庄。有一点你得承认，确实漂亮。这些漂亮的农舍旁停有小汽车概率极高，碰到村庄规模大一点，街道两边如城里一样，小汽车也都是双排停放。看来，他们私家车发展速度太快了，与私人车库拥有量并不配套，这一点倒跟我国现在的情形相似了。我所居住的小区，道路停车量几乎到了极限，下班迟了停车便是个麻烦。

穿行于欧洲西部，我们此行沿途虽然经过七八个国家，但给我的感觉却是那样的顺畅、便捷。假若每个国家之间都要办签证，出关入关，那将是何等麻烦。我记得从北京边检时，填写表格必须用英文，对我这个英语早还给老师的人来说，无疑极不方便。欧洲的一体化，得益最大的是在这块土地上生活的人。听说在这方面比较典型的是卢森堡，这是一个上下班都出国的地方。在我们那儿，出国总是件让人羡慕的事情，在这儿却是不少人每天都必做的。当然，这也不好完全相提并论，国情不同，社会发达程度也不同。不过，我们是否能从中学到一点东西，有所借鉴呢？

**图书在版编目（CIP）数据**

爱上远方 / 刘仁前著 . —北京：中国社会出版社，
2018. 5

（当代著名作家美文自选集 / 凌翔主编）

ISBN 978-7-5087-5973-9

Ⅰ. ①爱…　Ⅱ. ①刘…　Ⅲ. ①散文集—中国—当代
Ⅳ. ①I267

中国版本图书馆 CIP 数据核字（2018）第 097536 号

---

**丛 书 名**：当代著名作家美文自选集
**丛书主编**：凌　翔
**书　　名**：爱上远方
**著　　者**：刘仁前

---

**出 版 人**：浦善新
**终 审 人**：王　前
**责任编辑**：张　迟

---

**出版发行**：中国社会出版社　**邮政编码**：100032
**通联方式**：北京市西城区二龙路甲 33 号
**电　　话**：编辑室：（010）58124856
　　　　　　销售部：（010）58124848
**网　　址**：www. shcbs. com. cn
　　　　　　shcbs. mca. gov. cn
**经　　销**：各地新华书店

中国社会出版社天猫旗舰店

---

**印刷装订**：北京楠萍印刷有限公司
**开　　本**：165mm×230mm　1/16
**印　　张**：14. 75
**字　　数**：220 千字
**版　　次**：2018 年 8 月第 1 版
**印　　次**：2019 年 6 月第 2 次印刷
**定　　价**：49. 80 元

中国社会出版社微信公众号